转山，
不为登上雪山之巅，
只为跨越沿途的座座山脊，
以及自己内心的
座座壁垒。

# 转山

## 在梅里遇见自己

白继开 著

五洲传播出版社

图书在版编目（CIP）数据

转山 / 白继开著 . -- 2 版 . -- 北京 : 五洲传播出版社 , 2023.9

ISBN 978-7-5085-5081-7

Ⅰ . ①转… Ⅱ . ①白… Ⅲ . ①游记—作品集—中国—当代 Ⅳ . ① I267.4

中国国家版本馆 CIP 数据核字 (2023) 第 158738 号

# 转山

在梅里
遇见自己

| | |
|---|---|
| 作　　者 | 白继开 |
| 出 版 人 | 关　宏 |
| 责任编辑 | 梁　媛 |
| 装帧设计 | 北京红方众文　张芳　朱丽娜 |
| 出版发行 | 五洲传播出版社 |
| 地　　址 | 北京市海淀区北三环中路31号生产力大楼B座6层 |
| 邮　　编 | 100088 |
| 发行电话 | 010-82005927，010-82007837 |
| 网　　址 | http://www.cicc.org.cn，http://www.thatsbooks.com |
| 印　　刷 | 北京利丰雅高长城印刷有限公司 |
| 版　　次 | 2023年9月第2版第1次印刷 |
| 开　　本 | 880mm×1230mm　1/16 |
| 印　　张 | 13 |
| 字　　数 | 180千字 |
| 定　　价 | 68 元 |

# 目 录

第一篇

## 看山

跨过无法逾越的山脊………01

前往梅里的路………002
初见卡瓦格博………008
路上的骑行者………015
不搭车的“独行者”………020
缅茨姆之爱………025
徒步雨崩………034
开启转山之路………042
阿青布的守望………047

第二篇

# 转山


转山之门………054

从永芝村到玛追通………059

背包客张杰………066

多克拉的抉择………071

受尽折磨的膝盖………080

卢阿森拉圣地………087

落日金山缅茨姆………093

扎西的无奈………100

日夜星辰阿丙村………106

传奇之路丙察察………111

世外甲兴………119

尘土飞扬的察左路………126

夜宿马店………133

翻越达古拉………140

“骡子”与“野妞”………148

最大落差的爬升………155

## 后记

说拉之刃………163
仰望卡瓦格博………170
梅里驿站………180
时光………187

# 跨过无法逾越的山脊

1991 年初，还在上大学的我第一次听到梅里雪山这个名字：中日联合登山队在攀登主峰卡瓦格博时遭遇雪崩，17 位登山队员全部失踪。当时曾想，这会是怎样一座雪山？6740 米的海拔在雪山中并不算高，为什么会造成如此大的灾难？也许有一天，我能来到这座山下，不说攀登，能看看就好。

2010 年初，终于得愿，与朋友一起去梅里。结果，在还有八十多公里就能到查里通村时，遇到修路，交通阻断，只能无奈返回。第一次梅里之行就此终结。

三年后，我来到梅里雪山下，面对卡瓦格博和缅茨姆，喝茶、发呆、晒太阳，没有京城的雾霾与拥挤，能享受短暂的休闲时光。入夜，待月亮落至梅里西坡，漫天繁星没有了月光干扰，大把大把地洒在夜空中，与雪山相应而动——让人动心。

那次离开梅里时，经过一处山坳，突然被右侧的场景吸引住——是女神峰缅茨姆！天空一片云都没有，蓝得让人心醉。近一些的山梁上有棵大树，位置就在缅茨姆旁边，静静守在那里。此刻，感觉自己就像山坡上那棵树，愿意守在那里。终有一天，树会死去，缅茨姆依旧在那里。

自此开始，五年间十至梅里，有时只是来看着雪山，喝茶、发呆，更多时候则是随阿青布一起转山，用手中的相机记录阿青布带着村民清理转山路上的垃圾，记录梅里十三峰的日出日落、阴晴雨雪。深爱一座山，绝不只是喜欢山本身，更是因为与山相关的一切。阿青布说，转山是修行，捡垃圾也是修行，而梅里对于我，是修心。

《转山——在梅里遇见自己》通过五年十次来到梅里的旅程，用图片和文字记录了数十位与梅里雪山相关的人，还有他们的故事，从点滴小事到豪迈之情，从转山上的饮食住宿，到一路享受的风景，面对的磨砺。

卡瓦格博到底是什么样的，从不同的方向、不同的高度看，你会发现不同的相貌与气质。在雪山之东，游客云集的飞来寺，卡瓦格博刚毅、俊朗，率领梅里众峰与你隔澜沧江而望。在雪山西侧的甲兴，卡瓦格博却犹如一个巨大的白海螺，或是一尊卧佛，仿佛能听到从雪山之上发出的低沉鸣响，像是诵经。想感受这白色海螺的回响，需要先跋山涉水走5天，才有机会领略卡瓦格博西坡风景。

缅茨姆从飞来寺看是冷艳的，两侧山脊组成尖锐的山顶，时常云雾缠绕，像是披着披巾，或是头纱，可从西侧辛康拉垭口下的圣水营地看，它又呈现出另一番风采，似乎略胖，也多带了一份微笑。想领略这一切，你得先有足够的体力、毅力走到它面前，再有足够的运气看到没有云雾围绕的雪山女神。

人如山，在不同的位置、不同的高度，都会有不同的样子，一切都在于你怎么看。山还是那座山，人还是那个人。看见看不见，山都在那里；遇见遇不见，人还是那个人。

梅里雪山从没有人登顶，就像每个人心中，有些事终究无法企及。有的人看到雪山就想自己是否能够登顶，有的人看到雪山，只想静静地看着，或是用转山的方式表达敬仰与热爱。梅里转山之路，需要跨越一道道山脊，体验一路的艰辛，也给自己带来更多感悟。现实中的一些山脊，你终究无法攀登，内心中的一些山脊，你也终究无法跨越。其实，是否跨越又有多大必要？也许，不去想这些，就能真正跨越心中那些无法逾越的山脊。

白继开

2017 年 9 月 15 日

第一篇

# 看山

生活就是这样，很多人总在说如何能寻找到自己理想的生活状态，其实路口就在那里，就看你是否会去前行，是否敢去前行……

# 前往梅里的路

梅里——云南横断山脉中部，是一座北南走向的庞大雪山群，东侧是澜沧江，西侧是怒江。北段称梅里雪山，中段称太子雪山，南段称碧罗雪山，主峰卡瓦格博海拔 6740 米，当地藏族民众又称之为“阿尼卡瓦格博”或“念青卡瓦格博”，意为“卡瓦格博爷爷”或“很厉害的卡瓦格博”。

卡瓦格博还有一个响亮的称谓——“绒赞卡瓦格博”，藏语“绒”是指干热河谷，澜沧江、怒江的干热河谷，“赞”则是指赞神。不同于其他“赞神”红、蓝色调，卡瓦格博是“雪山赞”，因此它是白色，马也是白色。

1991 年，我在电视新闻上看到一则消息，中日联合登山队在攀登梅里雪山时遭遇雪崩，17 名登山队员全部遇难。在那个不知网络为何物的年代，

▲从雾浓顶眺望梅里群山与飞来寺

对户外旅行颇感兴趣的我尽可能地从图书馆收集关于梅里雪山的资料，琢磨着有朝一日能去看看这座神秘的雪山。

2012 年 11 月，在大理拍摄完关于艾滋病与麻风病的专题，我打算去梅里，以圆多年的梦。

第二天一早，我坐长途车前往香格里拉，打算到那儿再找辆车去德钦县。领略梅里雪山之壮美，首选位置是距离德钦县城十多公里的飞来寺，在那里可以从东侧一览梅里雪山的壮景。

从洱源出发时，那辆载客二三十人的长途车上没坐几个人，我抱着大背包坐在最后一排，寻思着这趟能舒舒服服到香格里拉，运气好还能在后排小睡一觉。在 214 国道没走出二十里地，车停了，十多位藏族大妈、大姐、大妹子上车。洱源温泉很有名，她们是专程来泡温泉的。

最后一排坐满了，我抱着大背包实在太挤，忍了半小时，不成，太难受。

前面一排的双人座空着个座位，有位藏族大妹子坐在靠过道的座位上，于是我抱着背包挤出最后一排，连比画带笑脸地对大妹子说，希望她能坐到里面靠窗的位置，我坐她旁边，这样能把大背包放在车厢过道。大妹子明白了我的意思，爽快地换到里面。刚坐下没两分钟，就意识到一个很大的问题，我成了焦点——这十多位大妈、大姐、大妹子关注的焦点。大家开始不停地唱歌，从藏族民歌到《北京的金山上》，还操着不大熟练的汉语唱起《我爱北京天安门》和《学习雷锋好榜样》，其间还夹杂着欢笑和高喊，我旁边那位大妹子有时回应几句，但似乎有点害羞。

感觉这势头是冲自己来的，就拨通了一位藏族朋友的电话，让她帮我听听，大家到底说什么。

听了一会儿，朋友在电话里开心地对我说，大家在劝我旁边的大妹子，等车到站后直接把我带回家！

眼瞅大家一时半会儿停不下来，长途车里剩下的几位乘客也有些不耐烦，车前排还有一个空座，旁边是一位汉族姑娘，我走了过去。

“是不是一直有人唱歌，你感觉有些吵？”

“对啊，为什么都唱了一小时还没停？”

“这样吧，我换到你这儿来坐，估计过一会儿就好了。”

姑娘有些不解，但表示同意。我回身对藏族大妹子笑了笑表示歉意，然后抱着背包挪到前面。过了十来分钟，终于消停了。

此时，窗外右侧出现了一座有一点儿积雪的山峰——玉龙雪山，已到丽江地界。进古城，满眼望去都是客栈，还有大大小小的酒吧。第二天天刚亮，出门试图在古城最安静的时候寻找心中的丽江。但事与愿违，一出门就满眼是游客，大家都觉着此时是游古城的好时间。穿梭在古城的青石板路间，我努力寻找希望见到的东西，最终找到目的地——菜市场，这里是丽江古城唯一当地居民比游客多的地方，还有背着背篓的纳西居民，还能找到古城民风所在。

▲从香格里拉前往梅里的路边景致

►穿行在澜沧江干热河谷里的滇藏线

►杜鹃花间的白马雪山垭口道路

◀从香格里拉前往梅里雪山经过的海拔最高处——白马雪山垭口

▶卡瓦格博下的朝圣者

丽江的声名远扬让这里的人们生活改善，但与此同时，随着外来元素的疯狂涌入，丽江已不再是丽江。

离开丽江，乘长途汽车前往香格里拉，车上依然是众多爽朗的藏族朋友，一路欢笑歌唱。下午两点多，长途车临近香格里拉，欢快了一路的十多位藏族朋友到站。下车时，大家都面带微笑跟我打招呼。

“扎西德勒！”

“再见！”

“开心玩啊……”

到了香格里拉长途车站，已没有前往德钦县的长途车，如果想当天赶到梅里雪山，只能在车站门外包出租车。

司机叫鲁茸次里，一位健硕的藏族大哥。鲁茸次里的老家在德钦，在香格里拉也有房，常年在这段路上跑车，以前开大货，后来买了这辆三菱跑旅游包车，一个人单程 600 元，一辆车坐满也是 600 元，旅游旺季时会贵一些。一路上，老哥和我聊了很多，从他和这辆车的故事，到梅里雪山以及白马雪山附近的路况。

“我和这辆车是离婚后又复婚的，三年前买来后开了一年，有朋友想要，我就卖掉它买了辆国产越野车，可这段路路况太差，没一年那辆车就到处是毛病，都快散架了，于是我低价卖掉，跑到朋友那里又把这辆车买了回来。我不管哪个国家产的什么牌子的车，首先是要好用，毛病得少，跑这种路，车的质量太重要了。”

聊得开心，就和鲁茸次里商量，不只是送我这一趟单程，改包车。三天时间，一来一回，中间一天相对轻松，送我去明永冰川，一共 1400 元。成交！

五个多小时后，我们来到飞来寺，梅里雪山已经隐没在夜色之中，想一睹尊容只能等到第二天日出。

飞来寺景区就处在 214 国道边上，路北侧遍布各种宾馆旅店。南侧是一家大酒店。鲁茸次里说是新开的，路南侧全是人家的，楼不高，但规模很大。我让鲁茸次里给我建议一家，他把我带到那家大酒店对面，一栋四层高的商务宾馆。宾馆是当地人盖的，条件一般，但该有的设施都有，价格便宜，单间一百多。

也是累了，一夜睡得还好。第二天早上六点多就醒了，因为有太多期待。

> 突然，一束金光掠过白马雪山山脊，迎面撞入卡瓦格博怀中，为它披上一件金色战袍。战袍沿着明永冰川席卷而下，顺势铺向澜沧江对岸所有面对着它的人，在大家的脸上映衬出一片金色。

## 初见卡瓦格博

黎明时分，梅里雪山在淡淡的、玫瑰色的晨光之中显出身影，东西数十公里地横亘在眼前，主峰卡瓦格博居中，向南依次是帕巴尼顶九焯、巴乌巴蒙、杰瓦仁安、缅茨姆、努松说根，向北有布迥松阶吾学、乃日丁卡、扎堆吾学、措格腊卡。还有几座山峰在西侧才能看见，它们一起组成著名的梅里十三峰。

突然，一束金光掠过白马雪山山脊，迎面撞击在卡瓦格博的怀中。金光沿明永冰川席卷而下，顺势铺向澜沧江对岸所有面对着它的人，在大家的脸上映衬出一片金色。

宾馆所处的飞来寺景区在梅里雪山东侧一处海拔 3400 多米的台地上，与雪山隔澜沧江峡谷，距离约 10 公里相望。飞来寺初建于明万历四十二年

▲清晨，旭日金光逐渐照亮卡瓦格博与众神山

（1614 年），距今已有四百余年历史，寺院得名更是有一个传说：建寺时选址原定在现址两公里以外，全部建筑用料备好，准备开工建造的头一天晚上，柱梁等主要建筑材料不翼而飞，住持派人寻踪追迹。找到现址时，发现柱梁已按规格竖好。众人于是遵照神意把寺建于现址，并因柱梁飞来自立，命为“飞来寺”。寺内供奉着卡瓦格博神像，正殿墙壁上绘有宗喀巴大师、胜乐金刚画像，而寺内佛塔是为纪念十世班禅视察德钦所建。

从飞来寺沿 214 国道向北，20 来公里处有一向左胳膊肘弯，从这里沿小路一路下降数百米，过澜沧江大桥右拐进山就能到达明永冰川。明永冰川是梅里雪山中最长的冰川，藏语称“明永恰”。“明永”是冰川下村寨的名字，当地发音为“明龙”，“恰”是冰川融化之水的意思。1998 年 7 月 18 日，当地居民在海拔 4000 多米的夏季牧场放牧时，在明永冰川中发现了大量散落的登山遗弃物，经证实为 1991 年中日联合登山队队员的遗骸和遗物。

从景区大门前往观景台已修了大路，但我的习惯是沿可见的小路前行。

▲明永村之晨

▲冰舌下探到海拔 2800 米处的明永冰川

小路人少安静，路面都是落叶，色彩斑斓。除了偶尔传来的牛叫声，以及冰川融水的奔腾声，只有脚踩在落叶上面发出的吱嘎吱嘎声。沿小路前行不久，发现一处已废弃的观景台，直接面对明永冰川。冰川的层次清晰可见，就像奔腾的野马，迎面而来。山崖上有一处小庙，叫太子庙。从太子庙向前 200 多米的栈道可以到更高处的莲花寺附近，也能更好地领略明永冰川的壮美景致。

傍晚，下山，鲁茸次里在明永村村口等我，旁边还坐着一位气度不凡的喇嘛。鲁茸次里与我聊了一会儿看冰川的感受，然后问能否带这位师傅搭车下山。我说当然没有问题，但他还是表示，不管怎么说，车是我包的，凡事要和我商量。

师傅叫鲁桑义熙，就是明永村人，在梅里南端著名的红坡寺出家，他曾是香格里拉地区辩经的头名，现在被“借调”至香格里拉佛学院当老师。这次准备搭车先到德钦县城，再坐第二天一早的长途车前往香格里拉。得知鲁桑义熙的目的地是香格里拉，我主动邀请他第二天一起走，路上刚好多个人聊天。

晚上，在飞来寺的路边小店吃饭，听旁边一桌的几位年轻背包客聊天，其中两位打算第二天一早坐长途车去香格里拉，于是搭话，问他们是否愿意坐越野车回香格里拉，不过买长途车车票的 60 元得给我做车费。两位欣然接受，问清楚了第二天一早在哪里见面。

黎明前，在飞来寺观景台拍雪山与星空，一颗流星在卡瓦格博之上的昴星团旁划过，美好的偶遇，再也不会相见。拍星星时遇到位老哥，聊得比较投缘，老哥也打算天亮后前往香格里拉，直接邀请他一起走。鲁茸次里的越野车是七座的，坐得下。老哥则邀请我去他住的酒店吃饭，就是马路南侧观景台上方的酒店，早餐丰盛，还能在观景台观景，很是有品，寻思着下次来就住这儿。

路上与鲁桑师傅聊梅里，聊梅里的风土人情，聊梅里转山。卡瓦格博原本是苯教神祇，公元9世纪，佛教从印度传至西藏，相传来自印度的莲花生大师与卡瓦格博斗法，并最终将其降服。之后，卡瓦格博皈依莲花生门下，做了千佛之子格萨尔王麾下一位护法神，梅里雪山也由此成为朝圣之地，与西藏的冈仁波齐，青海的阿尼玛卿、尕朵觉沃并称藏传佛教四大神山。700年前，嘎玛拔希在卡瓦格博圣地弘扬佛法两年，走遍雪山的各条道路，并确定了内外转经线路。700年后的今天，藏区信众依旧遵循传统，沿着嘎玛拔希的脚步走在转山路上。

一路顺利地来到香格里拉，两位背包客撂下句“谢谢”就扬长而去，感觉有些无奈。

告别那位一起拍星空的老哥，鲁桑义熙带着我和鲁茸次里去喝当地最正宗的酥油茶。他们对背包客的所为也很生气，越来越多的此类搭车族充斥在这里，只想尽可能地占便宜。网上甚至涌现出不少所谓的“达人”，推广自己如何“68元游西藏”，如何满世界混吃、混喝、混住、混车。我不反对穷游，那是个人的生活方式，但极其厌恶不劳而获，用尽所能只是想自己落好，不去考虑这是否尊重他人。是否是对当地淳朴民风的践踏，是否会逐渐影响到当地居民与外来游客的关系。

一年之后，在博客上写了一篇关于梅里的故事——《梅里的勇气》，其中提到了这次让人不快的回忆。没多久，有一条留言，说她就是那两位背包客之一。

“很不好意思地说，我是那不付钱的背包客，看到那段话我的心一直在颤抖，久久不能平静，进来之前还在想文章里会不会提到我们，万万想不到给您留下如此糟糕的印象。之所以敢站出来一是抱不平，二是不希望以点概面抹黑了背包客的形象。后来回想，钱的事确有提过，终是我们不是，在这

►从阿东村牧场远眺卡瓦格博

▲明永冰川下运送游客的骡队

里向您道歉。但我们不是有意为之，如若不是今天看到这面镜子恐怕还不能自省。很感谢您的这一课！我们都需要人点醒……”

后来，她执意将那60元还给了我，虽然迟了些，但还是付了车费。

是啊，谁不会犯错呢？所有的人都会犯错，但之后，需要能认识到错，有勇气面对错。勇气不只是行走的勇气，也是面对的勇气。

骑行不是要证明什么，在更广阔的世界中，你随时都能有所得，只是这种所得未必是用金钱衡量的。挫折、坚忍、豁达、勇气，这都是行走中能得到的收获。

# 路上的骑行者

2014 年 7 月，我随北京的一支医疗队前往德钦。

雨季，滇藏一带小雨大雨不断，持续降雨引发的泥石流和塌方等地质灾害也不断，致使西藏与云南的大通道——214 国道时常中断。

1973 年 10 月，全长 1930 公里的 214 国道滇藏线竣工通车，成为继川藏线和青藏线后又一条进入青藏高原的重要公路。滇藏公路起落不算太大，处于海拔 4000 米以上的路段只有 39 公里，但途经澜沧江和金沙江大峡谷，地质地貌复杂，自然环境恶劣，时常穿行在悬崖峭壁之间。雨季，连续不断的降雨给道路通行与塌方抢通带来巨大麻烦，风化严重的山体悬石在雨水的浸泡下更是摇摇欲坠，导致滇藏公路发生山体塌方是家常便饭。

▲雨季中难得一见的卡瓦格博

经过养路工与十几位司机的共同努力，塌方体边缘在塌方3小时后打开一条只容一辆车勉强通过的通道，司机们和骑行者抓紧时间有序通过险段。

在持续的雨季中，道路断了修，修了断，断了再修……对于过往司机与游客，路遇塌方是行程中的一段故事，而对于养路工人们来说，却是他们雨季中的全部生活内容。

抵达白马雪山最高的垭口，司机停车，让几位没来过的朋友下车感受云雾中的雪山。也就在这里，我们遇到了一位同来自北京的独行骑手。

骑行者叫李金亮，26岁，原本在南锣鼓巷里的一家客栈工作。由于体检发现自己身体有问题，加之遇到一些情感挫折，小伙子决定出门行走，在更广阔的世界里寻找都市中难以寻觅的生活状态。

相互留了联系方式，我们告别李金亮先行下白马雪山，并约定如果没什么事，傍晚在飞来寺见面。

在县医院忙完当天的活，打电话给李金亮，没想到他已经抵达飞来寺。分手后的五十来公里他只用了两个多小时就骑完，当然，也得益于过了白马雪山垭口有一段较长的下坡。于是，我们决定前往飞来寺，与李金亮会合，顺便看看能不能看到梅里的尊容。

雨季里，有幸一睹梅里雪山尊容的概率很低。我们运气出奇的好，已经连续二十来天的阴云在我们到达飞来寺的半小时后散了，卡瓦格博和缅茨姆先后从浓密的云层中探了出来，那一瞬间，仿佛全世界都在眼前。

拍了些照片，我们到路边的一家小餐馆吃饭聊天。

“在北京时没有专门训练过，最多也就是骑车去趟妙峰山。”

一年前，李金亮带着一辆二手车出发，开始他的第一次骑行。先将自行车运到丽江，走泸沽湖、西昌、成都，然后沿着那条被称为骑行者走烂了的318国道——川藏南线前往拉萨。虽然走的人很多，但这条路依旧是经典，有过被狗狂追的狼狈，也享受过林芝的漫山花海。27天骑

▲卡瓦格博下，李金亮展开他的旗帜——青春，宁挥霍，不虚度

◀骑行在滇藏线

完两千多公里，在拉萨600元卖掉自行车和背具，然后搭车去阿里，再去尼泊尔旅行。

一个月前，李金亮开始了自己第二次骑行，按喜好将自行车托到南宁，一个月时间，走广西、贵州，经彝良到昆明，走大理，沿214国道来到梅里，计划再用一个月时间前往西藏。他准备到西藏后还是把单车卖给有需要的骑行者。骑行是一种状态，没必要非留下单车做纪念，纪念在心里，在路上。

亮子骑行没有太强的时间计划，不带太多行李，走到哪儿住到哪儿。在他看来，骑行不是要证明什么，在更广阔的世界中，你随时都能有所得，只是这种所得未必是用金钱衡量的。挫折、坚忍、豁达、勇气，都是从行走中能得到的收获。但也不可能一直骑行，此次结束后，他准备去一个朋友的客栈工作一段时间，毕竟还要挣钱养活自己，供自己的下一次骑行。

**突然发现前方百米处有位徒步者在孤独前行，就是那位“不搭车”哥们儿！他竟然只有一条腿！突然明白为什么他会在背包上写下大大的“不搭车”三个字，一定是太多司机从他背后看到同样的场景，内心被触动。这是行走的勇气，更是生存的勇气。**

# 不搭车的“独行者”

2013年秋，在梅里雪山下见到一位独腿行者，背包上写着三个大字——“不搭车”。

那一次，从大理租车自驾，经过修缮一新的维德路前往梅里。先走214国道，再经维西前往飞来寺。这条路才修好不久，但受奔子栏地震影响，路面大块落石很多，一时没法清理。开车需要小心地绕过那些石头，不能出任何差错。直到晚上八点多，终于抵达飞来寺。

吃过早饭，决定出门遛弯儿。这次只有两天时间，去雨崩是不可能了，只能再去明永冰川。开车去明永村的路上，注意到有位独行者坐在路边休息，

►独行滇藏线的吴邪

一看就是位正经的徒步者，背着带防雨外罩的户外包，浑身散发着沧桑、疲惫，还有坚毅。

傍晚，返程路上，车灯再次扫过那位徒步者，他还是坐在路边，这次是从背后过来，发现他背包上有三个大字——“不搭车”，三个字明显是后写的。有些纳闷，行走在滇藏线上的大老爷们儿，如果不是刻意伸手搭车，谁无缘无故要停下来搭你。

第二天哪里都没去，面对卡瓦格博和缅茨姆，喝茶、写稿、发呆、晒太阳，没有京城的雾霾与拥挤，享受短暂的休闲时光。

黄昏时分，在飞来寺观景台外的路边看日落。飞来寺处于梅里雪山东侧，日出能看日照金山，日落景致则平淡了许多，想看梅里日落金山只能徒步四天去梅里雪山西侧。此刻，盘算着来年有机会去转山，去梅里西侧的阿丙村或传奇的甲兴看梅里日落金山的壮景。随着阳光逐渐被卡瓦格博的山脊遮住，天凉了，此时游客也少，几头毛茸茸的小毛驴在路边追着一位身材高挑的女孩儿要吃的。女孩儿似乎也没准备，向小毛驴摊摊手，表示很无奈。

入夜后，待月亮落至梅里西坡后，漫天繁星没有了月光干扰，大把大把地在夜空中绽放，与雪山相应而动——让人动心。走到一个能避开灯光的弯角拍星空，梅里雪山上的星空，发现照片右上方，有一处椭圆形亮点——是M31！仙女座星系！从北向东逐渐升起，与下方的梅里雪山交相辉映。

午夜时分，银河悄然从身后飞来寺的方向升起，很想一直等着看银河在黎明时分落于梅里雪山之上，但明天要开至少10小时的车回大理。时间就是这样，你很在意的时候，它就跑得很快，三天很快过去，想努力抓住，却只能是凭空挥手，更似告别，该走了，一切都足够美好……

离开梅里之时，突然发现前方百米处有位徒步者在孤独向前，就是那位“不搭车”哥们儿！他竟然只有一条腿！

“不搭车”哥们儿姓吴，网名“吴邪”，半年前从老家辽宁朝阳市孤身骑单车出发，向西南方，经辽宁、河北、天津、山东、河南、陕西进四川上318川藏南线，再成都、雅安、天全、泸定、康定、新都桥、雅江、理塘、巴塘、芒康、左贡、八宿，一路除了面对各种上坡，还努力收集着路上被人随意丢弃的垃圾。在路上，他还收留了一条小狗，给它取名“梦梦”，并和它做伴一起前行。从八宿改单车变徒步，经然乌、波密、通麦，到达林芝，其间从波密方向进墨脱至背崩乡。

梦梦陪伴吴邪走了两千来公里，后来病死了。之后，吴邪从八一镇乘车至芒康，从川藏线与滇藏线的路口又开始徒步滇藏线，继续他的行程。终点是哪？走着看吧。至于“不搭车”三个字，自然是吴邪不愿总被问及是否需要搭车，可这几乎同背包一样大的三个字依旧被很多人看成“求搭车”。

▲（左）滇藏线偶遇。四年后，在川藏线再次遇见“不搭车”哥们儿——吴邪

▲（右）飞来寺前滇藏线上的“求搭车”队伍

▲桑烟缭绕的飞来寺观景台

▲远望缅茨姆，以及它身前的那棵树

也怪不得谁，一路举牌子的都是“求”，写“不”的只此一份儿。

四年后，我前往川藏线旅行，即将到达川藏线上最著名的雪山——南迦巴瓦时，前方突然出现一个熟悉的身影——是吴邪！他再一次踏上独自徒步进藏的旅程。这一次他是从雅安出发，准备徒步318，到拉萨休整后再去冈仁波齐转山。再次遇见我，他也萌发了去梅里转山的念头，打算在11月中旬梅里的几个垭口降雪前去梅里转山。梅里转山不同于冈仁波齐转山，虽然平均海拔没有后者的转山路线高，但路线要长四五倍，而且需要走七个高落差的垭口，最大的垭口落差达到海拔2600多米。这一切并不能阻止吴邪的雄心壮志。这是行走的勇气，更是生存的勇气。

"白兄，你有空就来梅里，看不够吗？"
"对呀。"
"是不是在这里有情人呀！"
"对呀。"
"真有情人呀！她就在德钦吗？"
"对呀。"
"姑娘叫什么？"
"缅茨姆！"

# 缅茨姆之爱

随着青藏高原南部与云贵高原接壤处的阵阵风雨过后，天气逐渐转暖，暗藏在海拔 4000 多米苔原下的冬虫开始逐渐演变为夏草，慢慢地冒出一棵棵紫红色的芽片。

2014 年春天，在御庭酒店认识了酒店经理杨劲梅，一位性格率真的纳西族姑娘。小杨家在 200 公里外的维西县，她回家总是要经过梅里雪山的最南端，那里是缅茨姆端坐的地方。

入住第二天一早，小杨邀请我随她和酒店服务员拉初去飞来寺北侧的山脊挖虫草，在比飞来寺高将近 1000 米的位置，能更加接近于平视地看看卡瓦格博，看看缅茨姆。拉初的家就在飞来寺，她和丈夫都在酒店工作。

▲缅茨姆南侧的查里顶牧场除了牧民，很少有游客抵达，没有飞来寺的灯光与喧嚣，更加宁静

◀对望缅茨姆

每年 5 月，他们都会抽空上山找虫草，从海拔 3500 米的飞来寺爬到 4300 多米的高山垭口，来回 20 多公里，碰碰运气。

德钦是虫草的主要生产区域之一，每年 5 月，是农牧民上山挖冬虫夏草的时节。梅里雪山与白马雪山位于云南省西北部横断山脉地段，地处怒江、澜沧江、金沙江三江并流流域，气候属寒温带山地季风性气候。随着海拔的升高，气温降低，降水增大。每年 5~8 月，德钦的天气多变，一天当中，阴晴可以瞬时交替，而此时恰是虫草、松茸及诸多极品野生菌的生长季节。

翻越白马雪山来欣赏梅里雪山的游客大多会在雪山下购买点儿虫草，比市场上的价格低一些。德钦出产的冬虫夏草多数被送至香格里拉农副产品市场，虽然到处聚集着收购冬虫夏草的小老板，但他们手里的现货并不多，主要是东旺与德钦的本地货，还有不少来自四川甘孜州稻城一带的虫草。

拉初说，自己和丈夫的工作都还不错，母亲家也有地可种，能不能挖到虫草并不那么重要，挖到当然开心，挖不到也无所谓。每年上山挖虫草只是一种传统生活方式，到了 7 月，山上还有松茸，那时拉初有空还会上山。

从拉初家屋后上山，一路都是树干粗糙、坚硬的栎树，这是 3500 米海拔处常见的一种阔叶林，因为天气寒冷，生长缓慢。上山走了三四公里，在山脊上遇见野生的杜鹃花，花期已接近尾声，还有少部分在裹满松萝的枝杈上抓紧时间努力绽放。小路边，有一些枯死的栎树，树干已不再像活着时那般坚挺，朽了，但表面生长着一些类似木耳、地衣的植物，那是依靠它转化而成的另一种生命体，也是栎树生命的延续。

此时，天空落下小雨，说是雨，又像雾，但比雾气的水珠微粒要大一些。雨雾中，一个男人的身影逐渐从林带后显现出来，并和拉初打着招呼，还疑惑地看看我，随后大家又结队继续前行。拉初说，来的人是同村的，这片山也只准许同村人上山挖虫草，看到一个外乡人，有些疑惑，特意问问。

海拔 4000 米左右的山坡上大雾弥漫，已看不到脚下山谷里的德钦县城，澜沧江河谷与对面的梅里雪山也无处觅其踪迹，但能知道卡瓦格博和缅茨姆的方向。

随着海拔逐步升高，雨雾也逐渐转化为雾雪，在风的搅动下挂在一些低矮灌木的枝头，凝固、冻结，随着风的方向，冻结的冰与雪向前生长，展现着风的方向与力量。此时，能见度已降到不足 10 米，依稀看到有几个人影在前方，趴在地上，一点点向前挪，是正在挖虫草的村民。

突然有一位高声喊了一句，大家围拢过来议论着，是其中一位年轻人发现了一根虫草。见拉初带着朋友上山，大家送上微笑和一句“扎西德勒”，其中一位说，找虫草很考验眼力，看我和小杨能否找到虫草。没要多一会儿，小杨高喊一声：“找到了！”被冰雪打湿的泥土与碎石间，已经有一些小草泛出绿色，其间，有一株黄褐色的芽，露出泥土约有两厘米。

发现虫草的年轻人用一柄小尖头锄冲着虫草前面的地下用力锄下，向后一剜，整根虫草与一块泥土及草甸被刨起，他小心地整理出虫草，又将泥土连同草甸轻轻压回去，砸实。如果不做后面的工序，虫草挖过后会留下一个个土坑，时间久了，就没有虫草可挖。

小杨接过虫草让我帮她拍照，这可是她找到的。随后，小杨又出 20 元买下这棵虫草，要带回去留作纪念。

“白兄，回去别告诉他们这是我花钱买的啊，就说是我发现的！”

“这根虫草本就是你找到的呀，没人告诉你准确位置。”

我接了一句，小杨开心地笑了。风雪逐渐大起来，我们决定不去翻越面前那座海拔 4300 多米的垭口，而是原路返回。来回 20 多公里，海拔提升 800 米，能看到不同海拔的植物物种分布，还能有幸与村民一起挖虫草，挺好了。

在面对梅里的山坳处，几个人停下脚步吃简单的午餐。对于我这样一个有空就来梅里的人，小杨很是好奇。

“白兄，你有空就来梅里，看不够吗？”

“对呀。”

“是不是在这里有情人呀！”

“对呀。”

“真有情人呀！她就在德钦吗？”

“对呀。”

“姑娘叫什么？”

“缅茨姆！”

梅里十三峰，最爱缅茨姆……

回到酒店，露台的小桌上摆了一盘很新鲜的水果，色彩缤纷。坐在那里，向西望去，远处云中是卡瓦格博与缅茨姆，哪怕它们有 6000 多米的身高，依旧无法透过云层看到。无所谓，不管能不能看到，它们就在那里。

第二天清晨，阳光翻越白马雪山山脊前一刻，风终于扯开了遮住梅里十三峰已有一周时间的云雾，卡瓦格博与缅茨姆再次出现在世人面前。阳光撞在卡瓦格博怀中，洒落在缅茨姆肩上，淡淡的玫瑰色，略有些伤感。

►海拔 3800 米处山坡上盛开的杜鹃花

►从苔原中冒出头儿的虫草

▲一片彩云盖在缅茨姆头顶，让神女峰多了份神秘与妩媚

> 不管要走多久，总得继续向前。今天走了 40 来公里，看似不远的最后一段路怎么也走不到头，还全是大上坡，时不时要用登山杖支着身体喘粗气，想喊，却喊不出来，浑身冒着虚汗，一点点向山上挪着。

## 徒步雨崩

从德钦县城沿澜沧江河谷向南，前往查里通村，去找梅里金牌转山向导——阿青布，还有阿青布的朋友，此里尼玛大哥。刚过其子水就看到车窗右侧有座高耸的山峰——缅茨姆。从这个角度，只能看到缅茨姆这一座山峰，加之以下到海拔 2000 米左右的澜沧江河谷，缅茨姆更显得一身孤傲。

查里通村因处于澜沧江干热河谷地带，耕地少，人均不足五分。这里的葡萄种植与葡萄酒酿造已有一百多年的历史，19 世纪欧洲传教士将葡萄种植与酿造技术带到这里。为提高村民收入，当地政府希望澜沧江河谷变成造福当地百姓的“葡萄之谷”，同时根据其气候特性，开始推广橄榄种植。

眼下，我想去一个向往已久的地方——雨崩，那个缅茨姆之下的小村。

▲缅茨姆与雨崩村

得知我要去雨崩，同事王队两口子和老友左左也决定一起同行。

雨崩村分上、下雨崩，位于梅里雪山东南角的群山之中，因其只有两条无法行车的小路，长期以来少有外人打搅。全村只有几十户人家，过去靠放牧为生，现在则主要依靠旅游业，开客栈接待世界各地的徒步者。雨崩上村可以通往曾经为攀登卡瓦格博而设立的中日联合登山队大本营，下村则通往雨崩神瀑，那是当地民众心中的神圣之水。

阿青布是转山向导中的“老炮儿”。没到查里通时，阿青布就给我打电话，说来村里可以住他家，如果觉得住不惯也可以去300米外的德贡大桥桥头，那里有个条件还不错的旅店。

进了村，豪爽的尼玛大哥可不管那一套，拎起我们的装备就走——“今天住我家！”我们也更愿意和当地人一起，有交流才能真正感受到当地的传统与文化，这比只是看看风景要有意思得多。可尼玛大哥坚决不收我们的住宿费。见我们并不介意住村里，阿青布马上开腔：“今天住尼玛家，明天那可就得住我家，否则我可不干的！”

天色渐暗，尼玛大哥的妻子已为我们准备好晚饭，尼玛也拎出一个大雪碧瓶子,里面装的是自家酿的青稞酒。我和王队都不喝酒,见状有些傻眼。尼玛则说：“尝一尝就好，不会让你们喝多的。如果喜欢，那就想喝多少喝多少。”见酒杯里还放着些煮熟的牦牛肉条，有些疑惑，阿青布解释说，这种“肉酒”藏语发音叫“夏辣”，是当地对客人的礼遇，平时喝酒不会这样。

小酌，微醺，入夜……

天亮后，阿青布带来一位大男孩儿，十七八岁的样子，是阿青布的侄子多吉才让。阿青布让侄子多吉陪我们同往，一来带路，二来谁体能不好还能帮着背些东西。我们决定从尼农峡谷进山去雨崩，再从较轻松的西当路线出山，尼玛大哥开车送我们到尼农山口，一天后再去西当接我们。

雨崩也叫“立崩”，发音相似，只是“雨”更显得有诗意，于是被广泛使用。与梅里外转不同，雨崩路线又被称为“内转”，这里是卡瓦格博四方圣地中的东方圣地。“雨崩”是藏文中“经书”之意。相传莲花生大师在梅里地区藏下四大法宝，其中一个法宝就是一本经书，藏在雨崩村的一块巨石中，此巨石就在村子里一座寺庙旁。传说经书会在将来的某一天重现人世。雨崩村因充沛的降雨量及特殊的地理环境和气候条件，植物的生态长势茂密而又奇异，在一些老树的主干上寄生着许多其他植物，这种奇特现象被人们称为“五树同根”。这里是康巴地区藏族民众转经必去之地，加之自然景色优美，一路上步步皆景，令人恍若走进世外桃源。

在多吉的带领下，我们沿澜沧江峡谷峭壁上的小路前行，一小时行进了 3 公里后，来到第一个休息地——道路拐角处的“尼农峡谷风口驿站”。这里的确是风口，风从山谷里倾泻而下，驿站的木板墙壁上写满徒步者的留言感慨，看着倒也能让人增添一份消遣。

“走雨崩、没下雨、没崩溃！”

“古有关云长刮骨疗伤，今有我小徐拐腿走雨崩。”

……

拐过这风口驿站就正式告别澜沧江开始进山。一路向北，逐步爬升高度，从尼农至雨崩，基本上是从海拔2000米到海拔3300米，距离有20多公里。

沿着溪流上山，溪水清澈，也很急，因为落差很大。一年前，朋友老杨带着我和另外几位朋友去北川小寨子沟。小寨子沟的水也很急，七八米宽的河面突然收窄至两米多点儿，站在岩石边拍流水视频时，不慎脚下打滑，落入水中瞬间扔掉左手的手机扒住岩石，右肩上挂着一台莱卡MP，我可舍不得扔。此处水深及腰，我努力克服慌乱，将身体靠在背后的岩石上，腾出的左手尽可能扒住岩石，右手则举着相机。那种情况下必须保持将身体紧贴岩石，这样水流也会将你按在岩石上，千万别试图转身，否则会被立刻冲走。下面是一处水潭，虽然掉下去不至于淹死，但也有可能被下面的岩石撞伤。落水也就是几十秒钟后，王队跑了过来，一伸手喊了句：“把相机递给我！”

随后人也被拉了上来，我也是自嘲说检验了一下自己的应急反应能力，并浑身滴答着水，站在那块大石头上和大家一起留下张合影。

老杨是新闻摄影圈儿的“名角儿”，也和北川城有着无法割舍的情感。带我们去小寨子沟时，他才做完肝移植手术不久，大量药物致使他的手严重蜕皮。就这样，老杨依旧乐观地生活着，尽可能开心地面对自己已经快到尽头的生命——“人生就是这样，你哪知道自己会遇到什么困境，遇到了，你也不可能改变什么，告别会我都开过了，开心地活一天是一天啦。”

在那之后不久，老杨也来到梅里，见到了日照金山。

第二年春节，老杨弥留之际，我赶到绵阳，代朋友们和老杨告别……

继续沿山谷向前，悬崖上的小路宽处不过1米，窄处也就半米，旁边

▲雨崩之路上的朝圣者

▲雨崩之路上的朝圣者

就是峡谷溪流，要从这里掉下去，绝不会像小寨子沟那么幸运。背后有一头骡子逐渐赶了上来，还有一位马夫，他是受雇为一位旅行者驮物资。我们靠在山崖一侧让骡子通过。出发前阿青布就嘱咐过，遇到骡子一定要靠在山崖的内侧，外侧非常危险，万一被骡子挤下山涧，能找到遗体已算不错。

下午4点多，来到下雨崩村村口，时间尚早，我和王队打算去神瀑，因为只有两天时间，不可能在下雨崩过夜。左左他们先行上山，去3公里外的上雨崩村休息。

为了能赶在天黑前抵达上雨崩住宿。我们一路加快了上山的节奏，不久王队的膝盖出现状况。我俩都有滑膜炎，徒步强度需要控制。多吉陪着王队稍微放慢脚步，我在前面保持节奏，一步步靠近神瀑，也是一步步靠近五冠峰和缅茨姆。它们还在云雾之中，但能看到下部的冰雪，神瀑就是它们的冰雪融化飘落山崖而成。相传，雨崩神瀑是卡瓦格博从上天取回的圣水，能占卜人的命运，消灾免难、赐恩众生。藏传佛教信徒朝拜梅里雪山，视瀑布为圣水，会在此沐浴、饮用，有些还会用瓶子装一些带回家供奉。

终于，在海拔3700米的一处台地上，神瀑没有遮挡地出现在面前。冰川之水在百米高的悬崖上飘落，非常细碎的水珠扑面而来，很柔和，略有些凉意。再往前，有处佛塔，完全面对神瀑，前方已是道路尽头。站在瀑布下方，享受着来自五冠峰与缅茨姆的洗礼，神瀑之水在风中轻抚摆动，时而轻柔，时而刚劲。

即将返回雨崩村的那一刻，王队突然止步，走到佛塔旁，面对神瀑双手合十举过头顶，深深一拜，五体投地。

往返三个半小时，回到了下雨崩。蓦然回首，缅茨姆就在身后，圣洁挺立。想说点儿什么，可不知道该说什么，又觉着此时什么话都是多余，能看着它就足够好……

在下雨崩路口的一家客栈，遇到早先同行的几位旅行者。其中一个姑娘叫李莉，刚刚辞去新加坡的工作回国旅行。李莉是个户外运动爱好者，

▲从上雨崩远望缅茨姆与银河的相会

身材瘦小的她很难与常人印象中的东北妹子联系在一起。在她的徒步经历中，雨季徒步去墨脱是最难忘的，因为痛苦。那年进墨脱时路还没修好，雨特别大，11个人同行，每天都是泡在水里走，时常遇到泥石流，经历了好几次生死一线的状况。晚上，几个人在没有棚的木板房里烤火、喝酒，抱头痛哭……这次梅里之行对于李莉是惬意的，随后，她要去澳洲读书，重新开启自己的生活。

告别大家，继续前往上雨崩，此时天已完全黑下来。

一个小时后，终于来到上雨崩找到“梅里第一家”，坐在桌边一动不想动。又过了一小时，王队终于到了。这一天，尼农—下雨崩—神瀑—下雨崩—上雨崩，40来公里，真的累了。从下雨崩到上雨崩，看似不远的这段路怎么也走不到头，还全是大上坡，时不时要用登山杖支着身体喘粗气，想喊，但喊不出来，浑身冒着虚汗，一点点向山上挪着。

半夜一点多，突然醒了，窗外就是缅茨姆。此时没有月光干扰，最璀璨的南天银河在“天蝎”和“射手”的相伴下从东向西飘向缅茨姆。此刻，缅茨姆的上方，是“巨蟹”。

拿出相机，打开窗户，一点点手动调整调焦环，一张张试拍，直到星星们一颗颗达到最清晰的状态，按下快门，见证缅茨姆与银河的相会……

突然想去梅里，去外转，那是一条信众们走了 700 多年的小路，围绕雪山徒步，200 多公里距离，在海拔 1900 米至 4815 米之间多次上下攀爬前行。

## 开启转山之路

雨崩之行半年后，又到了秋季，在北京，突然想去梅里外转，那是一条信众们走了 700 多年的小路，200 来公里距离。我虽不是信徒，但为什么不去感受一下呢？哪怕只是感受转山沿途的秋日美景，感受海拔 1900 米至 4815 米之间多次上下攀爬行走的艰辛。

一天内准备好大小两个背包，睡袋、帐篷、相机、电脑、衣物，还有一双备用鞋。给阿青布打了个电话，因为知道自己膝盖有滑膜炎的问题，不可能背着这堆东西翻越 7 个垭口，行走 200 多公里，需要他帮着雇骡子驮，还有马夫，阿青布做转山向导已有十多年，围着梅里雪山走了 130 多圈。

接到我电话一天前，阿青布刚带队转完山回到家中，那是一支上百头

▲滇藏线前往雨崩、明永的路口

骡子的大型转山队伍，主要是各地志愿者参与，清理运输转山道路上的垃圾。对于阿青布来说，那是一趟很艰辛的转山过程，不只是带着庞大的骡队，更要命的是他左腿里当年安在胫骨上的一块钢板断了！两年前，阿青布骑摩托摔倒，造成左腿胫骨骨折，打了钢板不到一年，他又跑去转山，因为女儿要上大学，他去转山积功德。后来感觉腿部不适，到昆明的医院检查，医生有些傻眼——钢板怎么断了！阿青布没说什么就回到查里通，他觉得没什么好说的，又不是人家医院和医生的问题，打上钢板本就不该剧烈运动的，回家慢慢养吧。

得知我想来转山，阿青布马上说他陪我，这样一来既能给我介绍转山路上的传说与典故，二来也能照顾我这个膝盖有问题的兄弟，只是我俩加一位马夫，就需要雇两头骡子。说到他那还存留着断裂钢板的腿，阿青布说速度别太快就没事，反正我膝盖也有伤病，走不快。

到达香格里拉的当天，我住在雪儿客栈，半年前自驾从梅里回来时曾在这处客栈住了一晚。老板是位豪爽的西北汉子，见我是回头客，加上11

▲峡谷中的德钦县城，前往转山之门支信塘的老路在山腰上向右延伸

月已到了旅游相对淡的季节，有空房，于是直接房间升级——入住藏式大床房。晚上无事，一起聊天，尝尝他自酿的酒，我平日不喝酒，那天喝的到底是梅子酒、藏红花酒还是什么酒，已不记得，只是觉得二两下肚已是晕晕乎乎。

第二天天没亮，推开客栈大门，打车前往长途车站，11 月的清晨在香格里拉已经挺冷，乘客多半是游客。

过奔子栏上白马雪山，然后下垭口穿隧道，梅里雪山出现在车窗左侧，有些云雾，前方就是德钦县城。县城坐落在白马雪山的山谷之间，没什么平地，一年前进县城，司机汪晓指着县城东北侧山坡上的一片墓地对我说，那里有个特别的名字——新家坡。

“德钦”是藏语“极乐太平”之意，中心区域叫升平镇。此处地理位置重要，七百多年来一直是藏地神山——卡瓦格博转山之路的交通中转站和物资补给地，如今这里是梅里转山道路上唯一的城市。

正午时分，长途车开进车站，阿青布和朋友此里尼玛已经在此等候多时。他们一早就从 60 公里外的查里通村出发，来县城接我。除了少数在县城下车的乘客外，多数游客会选择留在车上，每人出 6 元，长途车司机会拉着大家去飞来寺，去那里看梅里雪山。而我们此时最重要的，是午饭后去市场采购，准备明天开始转山的各种物资。现在不同以往，梅里西侧的察瓦龙乡已经能补充物资，出发时不需要

▲村里的猫很少见过外人，比较紧张

▲酥油茶配奶渣是藏民族的传统茶点

带全部装备，但依旧要准备 3 个人至少 5 天的口粮。

和阿青布说清楚，从此时起，所有费用支出由我来付，他能拖着伤腿带我转山，已是感激不尽。阿青布问我是否需要在德钦休息一天，毕竟长途跋涉直接上了高原，后面几天又要翻越多个高低差很大的垭口。我说没问题，对自己适应高原的速度有信心，这不还有一晚上的休息时间嘛。

随阿青布走进市场，这里很多摊主和阿青布早是老熟人，价格不用砍，摊主们给的就是正常卖价，我们只需要决定带什么，带多少。阿青布更多的是咨询我的意见，看我喜欢吃什么，牛肉是必需的，还有排骨、腊肉，有些肉类必须是半加工的，不然带在路上那么多天，难免会变质。土豆、洋葱等耐储存的蔬菜也是必备，青椒、西蓝花再带一些，除此之外还需要不少大米和米线。

万事俱备，只待出发。

**“现在社会发展太快，生活必需品从过去的糌粑、酥油茶到现在的各种塑料包装食品和瓶装水，不管游客还是当地人都在用。过去转山几乎不会留下什么垃圾，但现在，垃圾污染成了影响梅里雪山极大的问题。”**

# 阿青布的守望

2001 年，一个叫高俊明的新加坡人来到查里通村。他说自己是一个在高度物欲化和太多压力的社会里迷失了方向且“心灵受困”的人，于是逃出了“文明”社会。阿青布当时理解不了高俊明说的那些过于现代的词汇，但这位新加坡人帮助村子清理沟渠内的污物以保护水源，并在外转经的路途中捡垃圾的举动直接影响到了这位藏族青年。慢慢地，阿青布意识到，垃圾污染将成为梅里雪山将来的一个大问题。

2003 年，按照藏历推算是梅里雪山六十年一遇的水羊年。千百年来，藏族人相信神山是有生命的，梅里雪山的属相是羊，很多藏经佛教信众相信羊年转梅里雪山有大功法，便从不同的地方赶来，转山朝圣。那是阿青

▲垃圾已成为转山路上的大问题

▲在森林里收集垃圾的村民

布第一次在朝圣路上看到高俊明捡垃圾，让他深受感动。于是，他开始和高俊明一起行动——在转山路途中醒目的岩壁岩石上、枯死的树干上、宿营地的小卖部旁，用藏文和汉文打出标语，提示人们不要乱扔垃圾，爱护环境、保护自然。每一次去雪山外转，阿青布都会多准备一些编织袋，尽可能多地在路上收集垃圾，并在远离水源地的地方把垃圾以填埋等方式处理掉。

一年后，高俊明在帮助村民修理电路时，意外从十多米的高处跌落，摔成重伤，不得已回新加坡治疗。从那时开始，每年除了向导的工作外，阿青布还会多次踏上外转经之路——为了捡垃圾而去朝圣，以这样的朝圣方式为抢救梅里雪山的自然生态而努力。渐渐地，查里通村的人也开始跟着阿青布一起捡垃圾，尽可能地出一份力。

从德钦向南，进入干热的澜沧江峡谷，沿维德路走 40 多公里就是阿青布家所在的查里通村。村口的德贡大桥桥头有个检查站，羊年转山人太多，所有的人都要在此登记。德贡大桥是德钦前往贡山的公路大桥，过去这里有一座吊桥，叫羊咱桥，因桥头村子得名。检查站设在当地最大的旅店中，两层楼。来此的外地车分两类，一类是营运的长途包车，拉香客前来，另一类是自家车，一家人不远数千里开车来到德贡大桥，家人下车转山，留下一两个开车绕过碧罗雪山，沿怒江从丙中洛前往梅里雪山西侧的察瓦龙乡阿丙村，一家人在那边汇合，然后继续向北，走左贡方向回家。

检查站院子里，偶遇梅里雪山国家公园管理局的白玛康主局长。白玛局长是个有想法的人，他极力反对梅里转山收费，不管是藏族香客还是外地游客，希望把这里打造成世界著名的徒步线路，利用配套设施来拉动当地的经济发展，但越来越多的垃圾却是一个大问题。

“现在社会发展太快，生活必需品从过去的糌粑、酥油茶到现在的各种塑料包装食品和瓶装水，不管游客还是当地人都在用。过去转山几乎不会留下什么垃圾，但现在，垃圾污染成了影响梅里雪山极大的问题。”

虽然意识到了环保问题的严重性，但没有资金，仅靠白玛局长私人关系带来的一些捐款，无法支撑梅里雪山周边的垃圾清理工作。

时隔半年，再次来到阿青布家，我们做着转山出发前的最后准备。转山前，一家人都会来帮忙，阿青布的妹妹负责做饭，很丰盛，晚上一家人吃饭，马夫是阿青布的大表哥，一个健壮、朴实的藏族男人，话不多但很踏实。

院子里，阿青布的母亲在一个大铝盆前剥玉米粒，将自家种的玉米棒子相互挤搓，脱落下一粒粒玉米粒，再用那双沧桑的手，将玉米粒和青稞粒混在一起。老人一身传统藏式装束，在现在这个习俗与语言正在交融混合的时代，只有上岁数的人还习惯平时穿着藏服，年轻人与中年人只是在节日中会穿上那身色彩艳丽，但有些沉重的传统服饰。

老人不大听得懂汉语，问了阿青布才知道，这些玉米和青稞粒不是我们路上的粮食，是给两头骡子准备的。到了深秋，路上草已不多，需要给骡子准备足够的重磅粮，这样它们才有力气翻过那几个大垭口。到了那里，骡子再有劲儿也会累的。

在库房，阿青布找出他的装备，一双很好的防水户外徒步鞋，一对超轻高强度碳素登山杖，还有背包、睡袋、防潮垫。阿青布说这些都是他带着转山的朋友们送的，有些转山之后就留给了他。鞋是一个朋友回家后给他寄来的，登山杖则是一个朋友听说他腿受伤后给他专门挑选的。在这里，钱并不是最重要的，礼物与情谊更让人在意。

我也给阿青布和此里尼玛带了礼物，壶身刻有十一世班禅额尔德尼确吉杰布题写的“佛”字与签名的紫砂壶。对于这样的礼物，他俩都很吃惊。前不久，十一世班禅来到德钦，那可是当地的盛事。

傍晚，阿青布家的大狗黄黄溜达回家。它 12 岁了，和梅里雪山一样，都属羊，已经与骡队转山 80 次之多。路上它会保护一起长大的骡子不被当地村子的狗欺负，而休息的时候，骡子会让黄黄趴在身边，为其遮风挡雨。

▲在森林里收集垃圾的村民

黄黄脸上有几道明显的疤痕，是保护骡子与当地狗打架时留下的。看得出来，上了年纪的它有些疲惫，卧在院子里不大爱动。

入夜，空中繁星点点，有些风。我住在楼上的房间，木质房顶和墙壁并不挨着，通风好。阿青布在墙外给两头骡子喂夜草。远处，澜沧江的江水奔腾向南，声音很大，但都是自然的声音，反而能安抚久居城市而变得躁动的心。

睡得很熟，一夜未醒。

第二篇

# 转山

芝信塘是转山之路的起点，来此转山的人要先去小庙取钥匙。山门本无门，钥匙自然也无形，自在内心。心中有那把钥匙，山门自然就能打开。

# 转山之门

丁零丁零……

伴随着清脆的骡子铃铛声，还有湍急的澜沧江江水声，醒了。天还没有完全亮，不是很透亮，似乎有云。吃过早饭，阿青布开始装物资，我那装满各种装备的70升户外背包，以及米、面、菜、锅，还有阿青布一家人为两头骡子准备的玉米、青稞混合的“重磅粮”。

阿青布将两头骡子牵到门前，各将一袋“重磅粮”挂在它们头上，将毛毯、毡子和驮架一层层地放在背上，捆扎结实，最后搭上竹筐，将物资码放捆好。大表哥赶着两头骡子先行，我们饭后要去拜访被视为转山山门的芝信塘小庙，随后和大表哥在永芝村汇合。

▲晨光中的芝信塘

眼见两头骡子全副武装出村，黄黄汪汪叫了两声跟着就要走，但在村口被大表哥拦住，前两天它随阿青布一起刚转山回来，毕竟年纪大了，需要多休息。

早饭后，尼玛大哥开车送我和阿青布先去芝信塘小庙。这是澜沧江对岸崖壁上不大的一处小庙，为红坡寺僧人托管。就这处其貌不扬的小庙，却是梅里转山的山门。先路过德贡大桥登记站，阿青布拿着我的身份证去登记，让我自己到桥头的小商店里买几卷经幡。商店很简陋，里面除了有经幡，主要货品是食品、饮料、胶鞋、背架。听随店主人的建议，买了两卷“全家福”经幡，上面有各种不同的神像与经文，保佑各种祈福所想。

▲芝信塘小庙里的村民

虽非信徒，但挂经幡一是对转山的尊重，二也是一种体验与经历。

过了桥，来到芝信塘庙门外，在阿青布的指引下，在杜鹃花枝杈间挂上一条经幡。这里早已挂满经幡，有的已经能明显看出时间的痕迹，有的则是五彩斑斓，是新的。芝信塘是转山之路的起点，来此转山的人要先去小庙取钥匙。山门本无门，钥匙自然也无形，自在内心。心中有了那把钥匙，山门自然也就能打开。

小庙有两座佛塔、一处佛堂。佛堂外，阿青布洗净双手，在香炉前拿起一支松柏，沾着旁边的清水在空中轻甩三下，口中念念有词。听不懂他说的什么，应该是对卡瓦格博的敬仰，希望卡瓦格博保佑我们此行平安吧。

“这就是卡瓦格博！”

佛堂内，阿青布抬起胳膊五指并拢，将我的视线引向一尊将军雕塑。

佛堂不大，但有两尊卡瓦格博塑像和一幅卡瓦格博壁画。两尊塑像分别立于释迦牟尼和莲花生两侧，风格也不同，一尊完全是藏式武将风格，而另一尊则多了分汉人的儒雅。因为一尊是青海藏族工匠所塑，另一尊则出自汉族工匠之手。

卡瓦格博原本是苯教的“念青”，就是很厉害的山神。公元9世纪，佛教从印度传至西藏，于是有了一种说法，来自印度的莲花生大师与卡瓦格博斗法，并最终降伏了卡瓦格博。卡瓦格博皈依莲花生门下，做了千佛之

►在芝信塘小庙，出发前煨桑祈福

►庙墙下一块巨石处，阿青布祈求卡瓦格博护佑转山顺利。这是信徒眼中的一处神祇，也是转山前必到之处

子格萨尔王麾下的护法神，梅里雪山也由此成为朝圣之地，与西藏的冈仁波齐、青海的阿尼玛卿和尕朵觉沃并称为藏传佛教四大神山，四处沿袭至今的转山圣地。

单从转山角度看，梅里雪山转山路有 200 多公里，路线长度最长，虽然路线的平均海拔不如其他三座神山，但有七个海拔高低差很大的垭口，使之转山难度最大。

传统的梅里转山路线大多要走十二三天。60 年前由于 214 国道滇藏线的修建开通，转山路线上在梅里东侧沿澜沧江一线基本都是坐车，而如今的转山徒步线路，是从梅里雪山南端的芝信塘开始，走西坡和北线，每天用时 15 小时以上，徒步三十余公里，最快的五六天能够完成。

芝信塘寺院靠澜沧江一侧的墙边，有一块巨石，上面有人为雕琢出的一些痕迹，像是佛像。阿青布把手搭在上面，额头轻触岩石，口中念念有词，他说，这是转山的开始。我也学着他的样子去做，没念叨什么，但脑海里出现了很多人，家人、朋友，祝福他们平安。

早就听说佛教顺转、苯教逆行，可为何如此？多年后，鲁桑义熙师傅为我解开疑惑：佛教讲究追随前人的脚步，而苯教推崇逆行，是期待与前人的遇见。

# 从永芝村到玛追通

在永芝村，我们和大表哥汇合，做徒步前的最后调整。我随身背一个小背包，一台单反，一支 35mm 定焦，一支 70~200mm 变焦镜头，一套运动相机，一件超薄羽绒服，一包小面包，还有一个钢质保温壶。用水壶可以少买瓶装水，尽可能少产生塑料垃圾。

阿青布带着我先行，大表哥稍事调整骡子背上的物资再出发。阿青布说，梅里转山活动开始于藏传佛教主要派系噶举派。我们现在所走的路线正是噶玛噶举派第二代转世活佛噶玛拔希于 1268 年自元大都回到康区传经布教 8 年间曾经走的道路。从那时开始，藏传佛教信徒围绕梅里卡瓦格博神山的转经活动，至今已持续了 700 多年。藏族同胞认为每一座雪山都有自己的属相。梅里雪山属羊，乙未羊年是神山的本命年。在藏传佛教的信仰里，神山的本命年转山能够得到更多的福祉。

转山最开始的一段道路有两条，一是从芝信塘上山奔永久村，过永久垭口前往永世通，另一条则是沿着山谷经永芝村到永世通。我们第一天的徒步选择从海拔 1950 米的永芝村过永世通，到海拔 3600 米的多克拉扎，约 20 公里路程。阿青布说不走最传统的永久垭口线路主要是让我适应转山的节奏，让有伤的膝盖能适应徒步的强度。

一路行走，享受秋季的缤纷色彩，还有冰川融水的涌动。我们沿着一条不算崎岖的小路向上爬坡，道路两侧是各种林木，尤其以枫树最为耀眼。秋日阳光下，枫叶显现出一片片的红色、黄色，还有深褐色。没有预想的艰辛，更多的是一份秋日的惬意。记得黄豆米老师在《圣地游戏》中说，这段路有个很诗意的名字——枫林大道，在整个转山路上都是最好的，相对平坦。如此景致下，行走也相对更轻松，因为思绪都挂在那些枫树多彩的枝叶间，身体也轻松了许多。走了大约 5 公里，前方山崖处迎面过来一队僧侣。藏传佛教信徒转山是顺时针转，苯教信徒是逆时针转。卡瓦格博原本是苯教“念青”，虽皈依莲花生门下，但每年依旧有很多苯教信徒前来转山朝圣，人数接近转山总人数的三成。

早就听说佛教顺转、苯教逆行，可为何如此？多年后，鲁桑义熙师傅为我解开疑惑：佛教讲究追随前人的脚步，而苯教推崇逆行，是期待与前人的遇见。

一处上坡拐角的休息点，路边树干上挂着一个钢丝与竹条编制的垃圾筐，里面的空饮料瓶已几乎装满。垃圾筐是阿青布带着村民摆放的，每隔数百米就有一个，有些休息地会多放几个。最早的垃圾筐是阿青布和村民用竹子编的，虽然不花钱，但过不了几年就会因风雨侵蚀而腐烂。这种钢丝垃圾筐是一年前放置的，阿青布专门在维西找的工匠，用废旧轮胎里的钢丝编制而成，一个筐 48 元，再由驼队运进山来，沿途摆放。做筐的钱

▲枫林大道秋色

有一部分是白玛局长通过私人关系拉来的赞助，剩下的费用只能村民们自己消化。为了梅里雪山的洁净，大家也是义无反顾。

停下来，没休息几分钟，就听到清脆的铃铛声从山下不远处传来，由远及近。没一会儿，大表哥赶着两头骡子出现在眼前。大表哥赶着骡子的行走速度比我们快很多，每次都是为我们打包收东西后，在途中超越我们，到前方准备午饭或晚饭，多数情况下一天只停两次，一次午饭，一次晚间休息。

3 小时走了十来公里，没怎么觉得累就到了第一天午饭的地方，大表哥已在一处路边茶棚准备简单的午饭：酥油茶、烙饼、卤肉。一路上，相对平坦的地方总有茶棚，包括了伙房、旅店、小卖部。在这里买食品自然会比山外面贵一些，方便面一般 5 元一盒，可口可乐和雪碧之类的瓶装饮料也要 5 元一瓶，到了再深的地方，会卖到 8 元一瓶，毕竟运进山里来太费劲。茶棚里有七八位喇嘛在休息吃饭，他们都带着糌粑，自己有碗，抓一把随身口袋里的糌粑放在碗里，再倒进一些酥油茶，慢慢揉成团吃，酥油茶是免费的，但很稀。我们自己买了酥油，大表哥拿茶棚的壶自己打酥油茶，先用刀剜一块酥油倒进水已烧热的茶壶里，再放进一根留着少许树杈的树枝快速揉搓，将酥油打散、溶解。随后，又用刀将拳头大的一块卤肉切成片，大家喝着酥油茶，用卤肉片就着烙饼当午饭。

填了几块烙饼和卤肉后，3 个人围在篝火边闲聊，大表哥将一个空壶里装满水，架在篝火上烧开。木块上挂着不少苔藓，火苗不是很旺，一边舔着早已发黑的水壶，一边捎带着将绿色的苔藓慢慢烤成黄褐色。这里的水很洁净，不用像城里那样一定得烧开。在海拔高的地方，水看似开了也就是八十来摄氏度。水烧开后有一股浓郁的烟味儿，是木材的味道，尤其在用大水锅烧水时。但水还是要烧的，喝太凉的水肠胃有时受不了。

水来自路边一条清澈的小河，河的上游是一处白色湖泊——措格。“措”是“湖”，“格”是“白色”，这湖位于梅里群山最南端的雪峰努松说根的西南坡之下。据说每年春天，湖水破冰涌出，这里的河水就会变成牛奶般的白色，一路流向永芝河，再一起汇入澜沧江。春天的白色河水，想必是冰融之后，奔涌而来的冰川水混杂着岩石与各种矿物，使之颜色变白的吧。

相传努松说根是缅茨姆的舅舅，这个名字的直译就是“卫士大舅舅”——缅茨姆的大舅舅，为卡瓦格博镇守南方。可就是这样一位当地传说中的大人物，在如今的地图中却被标注成“批子穆”，一个当地居民根本没听说过的名字。

如今在各类地图上，努松说根被错误标注为“披子穆”。是否有一种可能：因为当地传说的差异，最早的标注者在南坡附近询问当地人努松说根的名字，得到的答案是“缅茨姆”。但缅茨姆是东侧这座山峰，为了区别，

▲路边小憩的转山者

▲日落前抵达玛追通的转山者

标注者用了“披子穆”这个名字——“披子穆”“缅茨姆”发音确实有些接近。

过了枫林大道，前方是一片生长着巨大杉树的针叶林带，很多树的树干要三人才能环抱，伟岸向天，有些树的根部被掏出一个洞，人可以在里面遮风避雨。林间，停放着几辆摩托车，几位年轻人在用简易的工具修整路面，目的是让这里能容纳摩托车通行。有些身体不适的转山者会寻求搭乘摩托车前行。从这里到六七公里外的玛追通，要价 100 元。摩托车上都别着一张扑克牌，上面的数字表明每辆摩托车的序列号，来拉活儿要守这里的规矩，或抽签，或按号码顺序跑活儿，不然生意就乱了。

来到海拔 3300 多米的地方，茂密的林带突然消失，眼前出现一个相对平坦的坝子。阿青布说这里就是永世通。过去这片坝子靠近山坡的边缘有很多银柳树，春天冰雪融化，银柳树被冲下来堆积在山边，半死不活地生长着，永世通就是银柳树坝子的意思，一路上有很多“通”，就是坝子。

每到一个“通”，自然就会有茶棚，永世通离芝信塘小庙约 15 公里，走了一天的人多数会在这里休息。

此时，有一群人来到小卖部前购物，像是一大家子，两位年轻女孩和一位中年男人背着背架，背架里装着一些食物和被褥，他们身后还有几位老人，其中有位上了年纪的僧侣。一家人都是传统藏服，日常穿的款式，老人穿着廉价的胶鞋，女孩儿穿着相对好一些的旅游鞋。其中一位老人要给两个女孩买饮料，可女孩不同意。在这转山路上，饮料是很奢侈的东西。看到有个异乡人来此转山，他们也都友好地笑笑，其实，她们也是异乡人，转山路上碰到的多半是异乡人，来自西藏、青海、四川、甘肃等地。偶尔会有汉族人，有的是来旅行，感受转山的艰辛和魅力；有的则是心有所想，寻找内心的那份寄托。

稍事休息，女孩儿和中年人背着物资继续前行，老人则在后面缓慢跟着。阿青布说看装束他们像是青海或西藏来的香客。每年转山，春夏来的多是云南当地的香客。而到了秋季，其他藏族聚居区的民众数量会明显增多。

从永世通往前，不远就是玛追通——另一处高原牧场，一个自古以来转山人重要的休整场所。“玛”是“人”之意，“追”则是“飞舞的蜜蜂”，合起来就是说这里是人员往来众多的坝子。至今，这里依旧是很多顺时针转山的转山者第一天首选的休息地。

在此处又遇到那一家人里的几位老人，其中一位老阿妈侧身躺在路边，身体状况似乎很不好。阿青布上前问了问状况，拿出两粒治头疼的药给老人吃下。除了左小腿里还有固定钢板，阿青布身体很好，他随身携带的药品都是为路人准备的。他说很多人离家远，能帮一把就帮一把。

因为家里年轻人都走远了，阿青布想等一等，看看老人恢复的情况，我则努力用微笑与手势和那位老奶奶交流。老奶奶很友善，解下身上的小口袋递给我，里面是糌粑，还有一块酥油，我明白，她是想让我尝尝。虽然我对糌粑兴致不高，但还是捏起一些放进嘴里，随后又依照老奶奶的指导，弄下一点儿酥油和糌粑揉在一起吃。出门在外就是如此，哪怕语言不通，只要不回避、充满善意，交流不是问题。

**一位康巴汉子从怀中取出一块带着部分肋骨的半熟牛肉，用刀削下来两块，一块递给张杰，一块递给我。张杰没两口就把那块牛肉吞下，抹着嘴说："好吃！再来一块！"**

# 背包客张杰

出发8小时后，我们顺利来到多克拉垭口下的多克拉扎，大表哥已安排好住的客栈。客栈是一座木架上搭着塑料布的大棚，可以容纳十多个人，虽有些潮湿，但还算干净，而且不是大通铺，每张床是独立分开的，这在转山路上并不多见。多克拉扎意为"台阶之下"，往前没多远就是上山石阶，直奔海拔4479米的多克拉垭口，这里自然就是"石阶之下"。"扎"就是下面的意思。

大表哥和阿青布准备晚饭，我帮不上什么忙，于是独自到小路对面的河边小憩。一个人，坐在努松说根西南坡冰川的流水边，沏壶滇红，一个便携音箱，听着那些能感受到水声变幻的音乐，放松一下身体，发发呆……

天色渐晚，回到茶棚前的厨房中，准备享用转山第一天的晚饭：蒸米饭、青椒炒牛肉，还有一份炒花菜。在转山的队伍中，我们的晚饭很是奢侈，多数人会选择糌粑或泡面，但我和阿青布出发前就达成一致，有条件就吃好一些，这样也能尽快恢复身体。当然，如果中午或是条件不准许，那就一切从简。

此时，一位穿着蓝色抓绒衣的背包客与两位打着英雄结的康巴汉子经过，这是一天来见到的第二位汉族转山者。之前在玛追通附近，遇到一位穿着黄衣红裤的大姐，因膝盖不适，从藏族青年修路的地方搭摩托车一路来到玛追通。大姐是重庆人，她说自己对卡瓦格博有着不同寻常的牵挂，虽然腿上有伤，但还是决定来转山，能走的时候自己走，实在受不了了，就去搭摩托或骑马，无论如何都要走完这一圈。

安顿好住处后，背包客和康巴汉子也来我们这里喝茶、吃饭。背包客叫张杰，是做户外旅行向导的宁波人，三十出头的他体能明显好过我，所有的装备都是自己背。张杰原本在尼泊尔做旅游地接，尼泊尔地震后，当地旅游市场受损严重，他也就此回国。先用半个多月时间在云南溜达，打算之后再去做土耳其旅行导游，但最近土耳其局势也不稳定。张杰说，不管那么多，先走完梅里这一圈再说。

张杰是个豪爽人，嗓门也大，坐下来就不停地聊，聊如何同两个打着“英雄结”的康巴汉子结识并一起搭伴儿同行，康巴汉子走得如何快、不休息，如何淳朴，说不明白就憨憨地冲你笑。此时，一位康巴汉子从怀中取出一块带着部分肋骨的半熟牛肉，用刀削下来两块，一块递给张杰，一块递给我。张杰没两口就把那块牛肉吞下，抹着嘴说：“好吃！再来一块！”康巴汉子又给他削了一块，然后看着我，也要再给我弄一块，我对他笑笑，双手合十，表示够了。

眼见能聊得来，就和张杰约定，有可能的话三天后在察瓦龙乡碰头，一起雇车去梅里西坡的甲兴村，然后从梅里西坡在察瓦龙乡之后的堂堆拉

▲篝火边是年轻人沟通聊天的最佳场所

▲憨厚的康巴汉子一路陪伴着张杰

垭口向右上山。阿青布说，那是一处海拔 4300 米的山脊，不但能看到卡瓦格博西侧，还能看到怒江峡谷，还有察隅方向的雪山，很是壮观。但因为有四十来公里距离，徒步来回得两天，我们的时间不够，只能包车前往。张杰当下答应，在察瓦龙等我。

山里的夜晚来得很快，空气也很快变得有些生冷，大家围在篝火边取暖，柴火噼噼啪啪地燃烧着，偶尔蹦出个小火星落在脸上。火焰跳动着逐渐大起来，映得人脸上、手上都是红色，暖暖的，但是背后却生冷，时不时需要转过身，烤烤背。阿青布说，如果不着急睡觉就多烤一会儿火，这火已经旺了，现在去睡觉多浪费这木柴带来的温暖啊。

张杰告别我们，打开头灯沿着小路溜达回他住的地方。他和两位康巴汉子打算天不亮就去翻多克拉垭口，其实如果不是要等他，那两位当夜就会出发。大表哥去喂骡子，我和阿青布在厨房里烤火。说是厨房，实际上也是一个棚子，里面有堆篝火，上面架着早已烧得乌黑的大锅和烧酥油茶用的铝壶，靠门口的位置是一块长条木板搭成的桌子和凳子，方便来往路人就近坐下来歇脚。一路的茶棚几乎都是这样，喝茶免费，累了直接进来坐，住店 30~50 元不等，越往前走价格相对越高。

夜深了，我们回到里屋睡觉。阿青布说，能用睡袋就用睡袋，毕竟这些被子、毛毯用的人多，别的不说，藏着些跳蚤也是很正常的事。

其实，相对来说，这些被子还算干净，至少能看出上面的花纹图案是“花开富贵”之类的内容。2014 年夏天，和三位朋友一起从可可西里不冻泉保护站下公路，沿着楚玛尔河进入可可西里东端，去曲麻莱和玉树。由于路况太差，当晚没能赶到曲麻河乡。车灯扫过之处，发现有座牧民的小土房，后面的院子里还有一排房子，一间可以住宿。女主人带我们走进房间安排床铺，刚好四张床，每张床上有一套早已看不清颜色、花纹的被子，都已是暗褐色了，泛着一些油光。女主人发现我们中间还有个姑娘同行，于是将其中一床被子抱走，说换一套干净的。少许回来，微笑着放下一床被子，

▲营地中拉弦子的转山者

要干净一些，但依旧看不出花纹、颜色，但至少没有泛着太多油光。

出门在外就是如此，你得去适应各种环境，不管吃还是住，能 hold 住烛光晚宴，也可以在四处透风一张铺的简易旅店里安然入睡。

此刻，不算密集的雨滴打在距头顶一米多高位置的遮雨塑料布上，发出较沉闷的啪啪声，时断时续。不远处，传来河水的涌动声，奔流向下，想起下午在河边听得那首曲子——《The River Flows In You》，一切都是自然的声音……

菊芳大姐决定继续前行，不敢看山顶有多远，挪着双脚，一点点向前。对于很多人来说，面对多克拉必须做出进与退的抉择，她选择了前者。生活中的我们，何尝不是随时要面对抉择。

# 多克拉的抉择

天还没亮，茶棚客栈里就只剩下我一人。茶棚在河边，阴冷阴冷的。转山者们凌晨 3 点左右就开始陆续起身前行，虽然动静不大，但还是把我吵醒了。张杰同两位康巴汉子已经出发，在晨星之下前往多克拉垭口。

收拾好已潮湿的睡袋，将所有的物品挨个塞进背包，然后抱出棚屋放在厨房门口，大表哥准备早饭，阿青布去喂骡子。顺着茶棚间的松树向上看，月亮已经来到天顶，有些云雾，月光洒落在林子间空地上。

阿青布和茶棚主人是老相识，转山路上开店的人，几乎没有不认识阿青布。早饭是稀饭和烤饼，大表哥还把昨夜剩下的一点儿菜热了热，稀饭是没吃完的米饭加水煮的。住店每人 30 元，老板说不收了，因为阿青布常带团队来此，自己人来就算了。但我还是把房钱塞给了老板，在这里做生意太艰难。

做生意艰难，接下来一天的行程也同样艰难，这是梅里转山考验的开始。清早从海拔 3600 米的多克拉扎营地出发，前方 7 公里处便是梅里雪山外转的第一道关卡——海拔 4479 米的多克拉垭口，那里是云南与西藏的交界，过垭口就是察隅县察瓦龙乡阿丙村地界，翻过多克拉垭口后要在陡峭的山坡上经过 108 道拐下山，进入察隅河谷。

绕过一处路面已有薄冰的山坳，旁边的崖壁上有一处高达 5 米的摩崖石刻，释迦牟尼居中，四臂观音与莲花生大师分居于左右。阿青布说，这处摩崖石刻是前两年红坡寺的扎巴活佛筹集资金找工匠刻的。

红坡寺，原名“噶丹羊八景林寺”，始建于 1514 年，是德钦藏传佛教格鲁派三大寺院之一，因坐落在德钦县云岭乡红坡村，又名红坡寺。红坡村是白马雪山西北山谷中的村庄，绿树丛中散布着零星的农田和房屋，宁静、祥和。红坡寺向南，隔澜沧江峡谷与缅茨姆相望，寺院后方是终年积雪的白马雪山主峰——扎拉雀尼，也是红坡村的守护山神。“扎拉雀尼”是现在地图标注名称，相对准确的发音是“扎拉琼钦”。卡瓦格博之境是一座坛城，有四方守护神，东方守护神是白马雪山主峰“扎拉琼钦”——骑大鹏鸟的战神；南方守护神是孔雀山主峰“扎拉玛雅钦”——骑孔雀的战神；西方守护神是木孔雪山“扎拉森钦”——骑狮子的战神；北方守护神是他念他翁的达美拥雪山“扎拉珠钦”——骑青龙的战神。

每年藏历九月中旬，红坡寺会举办跳神大会，很值得一看。跳神藏语称“羌姆”，传说是在公元 8 世纪时为佛教密宗大师莲花生首创，内容主要是表现降魔伏妖，弘扬佛法。“羌姆”有许多相对独立的舞蹈，如凶神舞、牛神舞、金刚力士舞、护法神舞等。舞蹈者均戴面具，用鼓、钹、号等乐器伴奏。“羌姆”的根源可追溯至苯教“摇鼓作声”的巫舞，后吸收了民间舞蹈而逐步发展起来。

绕过摩崖石刻继续向上，一路上有很多逆行者，他们笃信苯教，逆行转山，相对而过时，都会送上一句——扎西德勒。

经过 1 小时速度适中的行进，多克拉垭口像一堵高墙般地横亘在眼前，阳光逐渐将垭口两侧山梁照亮呈暗红色，并不刺眼。垭口上的经幡巨阵也清晰起来，层层叠嶂，气势恢宏，让每个来到此地的人无不惊叹。一串串的身影或聚集或分散地沿着“之”字小路缓缓向上，哪怕是体能超好的藏族香客，此时也不会轻松。在垭口下的平台处稍事休息，拍一些照片，并把运动相机挂在身上，打算拍下自己行走间遇到的不一样的人和视角。

“那不是昨天在玛追通遇到的搭摩托车的大姐吗？”

在阿青布的提醒下，回身看到那位黄衣大姐，拄着两根竹竿，拖着她明显不适的双腿，艰难向前。

大姐叫菊芳，第一次知道转山是一个月前，在丽江，有位朋友向她描述沿着 700 年前的小路围绕梅里雪山徒步的经历，让她为之向往，哪怕知道自己膝盖有伤病。一个月后，她毅然踏上外转旅途——“我许过愿，不能毁约。”

菊芳大姐一开始很奇怪朋友们为什么吃惊她要去转山，这有什么好大惊小怪的，因为她对前方的路途太不了解，自是不以为然。出发没半天，她膝盖就出了问题，上山还能忍受，下山则是钻心的疼痛，实在没办法，于是在巨树林处搭摩托车到了玛追通。可第二天横在眼前的多克拉垭口简直就是一堵 500 多米的高墙，想要继续前行，必须自己翻过去。

菊芳大姐决定继续前行，只是很遗憾拖了一起转山的朋友的后腿。她不敢看山顶有多远，挪着双脚，一点点向前。对于很多人来说，面对多克拉必须做出进与退的抉择，她选择了前者。生活中的我们，何尝不是随时要面对抉择。

告别菊芳大姐，我随阿青布继续向前。此时，几位藏族大叔、大妈快步追上了我们。大妈们的服饰很特别，戴着一顶圆柱形的不大的帽子，帽檐向左上卷似飞檐，留有缺口，用料为毛毡，以金丝彩缎绣成的边圈为装

▲布满经幡的多克拉垭口，一侧是云南，一侧是西藏

饰。阿青布说他们是来自西藏林芝地区的转山者，这种服饰属于工布江达藏式服装，林芝地区藏族亦称工布藏族。藏语“工布”是凹地之意，泛指米拉山与色季拉山之间的地域，主要包括工布江达、林芝和米林三个海拔较低的县。工布藏族在生产、生活等习俗上与其他地区的藏族有较大的差异，故他们的语言、服饰、习俗与其他地区的藏族均有所不同。

大表哥赶着骡子超过了我们。骡子沿着山脊向上，绕着相对较大的弯角，但速度要快很多。阿青布说，他们家乡有句谚语：上山的骡子下山的驴，上山的男人下山的女。意思就是骡子和男人上山相对力量足，但下山时，驴或女人会快一些。此处海拔 4000 米左右，望着排队继续向上的身影，我

◀横亘在转山者面前的多克拉垭口

▲即将抵达铺满经幡的多克拉垭口

▶背着孩子前行的苯教转山者

▲即将抵达铺满经幡的多克拉垭口

▲在多克拉之巅，转山者叩拜众山

用相机拍了一段转山者视频。

山脊拍摄视频花了十多分钟时间，阿青布已经到达垭口下的平台。为了不让他在那里多等，我选择直线爬坡，快速抵达垭口。在如此海拔直线攀爬 50º 的大坡并不是个好主意，时间倒是省了，但带来一个严重的问题——高强度的运动导致右膝滑膜炎犯了，开始疼痛。这才是转山第二天，前面还有 100 多公里的徒步距离。

扯着右腿挪到阿青布休息的大石块旁，他竟然在打电话！从芝信塘出发 1 小时后就没了信号，这里因为海拔高，能收到微弱的信号。阿青布看我右腿出了问题，让我赶紧坐在大石头上休息，并问我严重程度，能否坚持，如果不行的话，从这里用不到两天时间可以返回到查里通，可要是下了多克拉垭口继续往前，还有至少 6 天的路要走。我坐在石头上喘着粗气。垭口两边是狼牙般耸立的黑色山峰，顺着上山的小路往下看，转山者依旧络绎不绝地沿着小道缓缓向前。人群之中，我看到一个显眼的、红黄相间的小点儿，是菊芳大姐，她在朋友的陪伴下依旧拖着双腿艰难向前。

终于到了多克拉垭口之上，两侧是飘舞的经幡，一直延伸到更高的山脊，像是架在山脊间的一道不会消逝的彩虹。此刻，我在彩虹之下，前方是西藏，转身，是云南。

转身时，发现背后有一位背着孩子来转山的年轻妈妈，二十来岁的样子。见我回头，她拿出自己的手机递给我并说着什么，虽听不懂也能明白她是请我帮她拍张照片：彩虹之间，一位年轻的藏族妈妈背着孩子。她叫卓玛雍措，和阿青布的女儿同名，年纪也相仿。她也是这两天来第一位主动请我帮忙拍照的转山者。转山路上，多是更为传统的藏族民众，多数不愿意被拍照。

虽然右膝很不舒服，但想着总算到了此次转山的第一个关口，感觉还不错。但一越过垭口，瞬间便被眼前的下山路所震撼！面对大陡坡的 108 道拐，由衷地发出一声感叹。

当天剩下的 10 公里我都不知道是怎么走完的，脑袋有些麻木。谢天谢地，谢卡瓦格博谢缅茨姆，当天终于到达预定地点，可以缓一缓。此时，我的右膝疼痛严重，上茶棚的两层台阶都痛苦不堪，明天还要翻越两个垭口走近 40 公里路程，还不知会怎样。

## 受尽折磨的膝盖

“川流不息的朝圣者们嘴里念着经文，手中转着转经筒走在山路上……”

90 年前，那位让丽江名扬海外的洛克随转山朝圣者们来到多克拉，同样对这传奇的垭口心生感叹。此刻，我也同样感叹。

看着眼前的下山路，有些犯嘀咕，如果就沿着 108 道拐下山，我的膝盖定然没法承受，没准现在还好着的左膝也得挂了，那后面的路就更困难。阿青布给我提出一条方案，先沿着左侧山崖小路做一个较大的回旋，多绕些路再回到 108 道拐，这要比直接下好得多。

如今也只能如此，除了要保证左膝不出问题，同时还要考虑自身安全，

▲多克拉垭口北侧的 108 道拐下山路

一条腿负重走在不过一尺多宽的悬崖小路上，需要小心加小心。

“有没有更直接下山的路，除了跳下去？”

我开玩笑地对阿青布说。

“有啊，从那里就可以。”

阿青布很认真地指了指山崖间的一条绳索，从多克拉垭口直溜溜地冲向垭口南侧的台地。这条绳索真的是下山用的，阿青布没开玩笑，如果到了冰雪封山的冬季，翻越这段垭口只能沿着这条绳索攀爬。

108 道拐到底有没有 108 道，不知道，也许只是借用 108 这个吉祥数字。这只是个地名，是个标志。当你见到它时，不管它到底有多少个弯角，你都会被它的险峻折服，也为能见到它而满足。

▲随时有碎石滚落的多克拉垭口

▲下山之路

半小时后，我们下降到海拔4000米左右的垭口北侧台地。因为下山的人大多会在此休息，台地上到处都是各种垃圾。10天前，阿青布和上百名志愿者刚刚转山处理了沿线垃圾，路边还有一些焚烧垃圾的痕迹，此刻，垃圾又满了，方便面塑料袋与发泡盒，还有各种空的饮料瓶、饮料罐随着垭口下的风飘舞、翻滚，发出各种叮当、噗噜的声音，除此之外，至少短时间内没再听到什么动静。如果说还有什么声音，恐怕就是自己的喘息声与心跳声，很快、很重。

稍事休息，缓缓神，拖着右腿继续前行。抬头看多克拉垭口，再次见到那个红黄相间的小点儿，只是比我在垭口向下看时更小，离得更远。菊芳大姐也终于拖着双腿爬到垭口之上，站在经幡彩虹之间。不知此时，她会有怎样的感叹，至少她做到了，哪怕前方还有更多的艰险。

后来，菊芳大姐告诉我，之所以要忍受如此痛苦转山，是因为惦念，对已逝去半年的老公的挂念。她想通过转山，告诉已在天堂的老公，不必牵挂，自己和女儿会活得很好，风中的经幡会伴随着他，直到永远……

常有人说，人生要有一次说走就走的旅行，一场奋不顾身的爱情。在我看来，旅行就该是说走就走，哪怕不能走完既定行程，或是因故改变旅行线路。人生本就是一场旅行，不管你愿不愿意，总得向前，直到生命的终点。

顺着多克拉的溪水向下，进入察隅谷地，此时右腿依旧钻心的疼痛，好在已越过梅里转山的第一道险关。路边开始有了树木，针叶林间混杂着一些阔叶乔木，枝头挂满松萝，那是滇金丝猴的美食。阿青布说这里有猴子，但他分不清种类，应该就是普通的猕猴。有一次路过这里，发现路旁山坡下的树上有动静，本来以为是猴子，仔细一看，竟然是只黑熊，还带着两只小家伙。察隅地区山高林密，很少有村庄分布，野生动物自然不少，但转山的路边想见到，依旧不是件容易的事情。

正午时分，在扎素通的一处茶棚休息吃午饭，茶棚顶上的塑料布已被油烟积累的油渍堆满。我不大想动，甚至没有问阿青布“扎素通”是什么意思，此时右膝已经不能打弯儿。面对着一处小商店，半靠在整块树干做的长板凳上休息。此刻，发现有个挺眼熟的姑娘从我右侧的屋后探身，微笑着看我。姑娘穿着一身蓝绿色的藏袍，带着一块头巾，脸上泛着暗红色，显然是长期被高原烈日灼晒的结果。她示意旁边的大姐，大姐注意到我后热情地招呼过去喝茶。但我只能报以微笑，实在挪不动右腿，或者说是不想动了。

10 分钟后，再次出发，发现招呼我的是头一天阿青布帮助过的那位老人的家人，老人也在，身体已经好转，能够跟上一家人转山的脚步了。

继续在色彩斑斓的河谷间穿行，路边的竹林也渐渐增多，到了章切。很多转山者都会在这一带砍路边新长出的竹子做手杖，有的转山者干脆就在竹林边扎营，有的人煮茶做饭，有的上山或是下沟砍竹子。章切这个地名就与竹子相关。按最传统的方式，砍竹杖有讲究，男人用的竹杖是七节，女人用的则是五节，问阿青布为什么，也没有一个很明确的说法，也许是按多数人的身高比例来定的，这样用着顺手，久而久之，“男七女五”就成了习俗惯例，只是到了现在，不再那么讲究。竹子弹性好，做手杖虽不如现代的登山杖有那么强的减震功能，但也有一定弹性，是转山很好的“帮腿”。

阿青布说，竹杖对于转山者最重要的作用不是支撑身体，而是利用下面第一节竹子的空心处取土，一路走，竹子就会在地上一路戳，转完山，最后里面盛满了转山路上的泥土，此时的竹杖就是很重要的圣物。回家后，有的会将这泥土分给家人，盖房时撒在房屋四周，或者就将竹杖连同泥土一起供着，既是崇敬又为镇宅。据说，有一次山中发洪水，很多房屋被冲毁，有一间却是毫发无损，因为屋里供着一根转山竹杖，洪水到了竹杖附近就分开了，房屋也没被损毁。

下午 4 点半左右，到达位于多克拉垭口和阿丙村中间的一个休息站。是一路走来河谷道路最窄的地段，水多，比较泥泞。当天剩下的 10 公里

▲随着进入西藏察隅地界的谷地，河流也逐步增多，水流量增大

我都不知道是怎么走完的，脑袋有些麻木。管他干燥还是泥泞，谢天谢地，谢卡瓦格博谢缅茨姆，当天不走了，可以缓一缓。此时，我的右膝疼痛严重，上茶棚的两层台阶都痛苦不堪，明天还要翻越两个垭口走近 40 公里路程，还不知道会怎样。

茶棚的主人家在 100 公里外独龙江上游的小村子，而她的这处茶棚刚好在多克拉垭口和阿丙村之间，物资运送困难，相对价格也略高。路边的河里有个小型水力发电机，可以为茶棚、客栈以及小商店的白炽灯提供电力。小商店里有个插线板，能充电。客栈大约有 4 米多宽、10 米来长，从头到尾摆着两张大通铺，中间有个 1 米宽的过道，过道中间有根柱子，上面挂着盏灯，再往上就是塑料布的屋顶，其实这棚店最高处不过两米，两边也就 1 米多高。此时天还大亮，多数转山者不会此时停下，我们是第一拨客人。找了一处最靠里的位置，我把大表哥从骡子身上卸下的大背包放在靠通铺的地下，身上的小背包搁在床上，表示这个位置已经有人，随后，瘸着腿去茶棚喝茶。先期抵达的大表哥已经为我们准备好了酥油茶。端着茶碗，半天没喝，不想动，咽下酥油茶的力量都懒得出。

缓了缓，膝盖好了些。阿青布说，路上都怕我没法坚持，可这段路也没有摩托车，实在不行就骑骡子。我说会尽可能坚持，不到万不得已，不考虑借助骡子前行。

天渐暗，陆续有转山者来到棚屋客栈休息，我的背包还在屋里扔着，小背包里有一套相机和7000多块现金。看我有些坐立不安，阿青布明白我在想什么，慢条斯理地对我说，不用担心，来到这里的都是有信仰的转山者，不会有人动不属于自己的东西。只是到了察瓦龙，一切还是要当心，那里是城镇，什么人都有。

晚饭时，一位身材高大的背包客走进茶棚休息。来的都是客，既然遇上了，我就招呼他一起晚饭，这老哥本来比较犹豫，说自己带了泡面，有热水就行。伸头一看我们不但有米饭，竟然还炖了排骨汤，立马收起方便面坐了过来。此时茶棚内也挤满了人，没有座位，阿青布拿过一块木头，又找了个方便面纸箱，叠一叠，当凳子坐下。这一顿连饭带汤基本没剩下什么，大家都累了。

饭饱汤足，老哥也决定不再前行，和我们住在同一间客栈。撩开塑料布门帘，好家伙！一顿饭的工夫里面几乎人满了，靠路这一侧通铺上，十多位转山者已经睡下。我也不想再动，想早点儿休息，钻进睡袋又在上面盖了一层被子，需要给膝盖保暖，希望第二天能够有所好转，因为要走30多公里的路，翻过两个垭口去阿丙村。如果不能按计划抵达，后面的行程必然受到影响。

不想那么多，必须睡觉，让右膝尽快休息。

**卢阿森拉垭口上堆满了盛满糌粑的碗和衣物，经幡更是密密麻麻地挂上很高的枝头。一位大姐正念念有词地面对糌粑堆，将手中碗里的糌粑捏起一撮撒向空中，然后又把剩下的糌粑连同碗一起放在糌粑堆上。**

# 卢阿森拉圣地

清晨，刚醒，就听到诵经的声音，昏暗的灯光中，一位坐在对面铺位上的老人，披着被子，手中捧着一段藏纸的经书，在低声默念。塑料棚外，淡淡地透过一片暗蓝色——天快亮了。

从潮湿的睡袋里钻出来时，突然意识到右膝能活动了，虽然还有些疼，但至少能活动了，谢天谢地。起身，发现大通铺上很多人不是头一晚住的人，那些人大多三点就起身出发，这些则是随后住进来的。

茶棚外，有一处引水木槽，在那里洗漱完毕，感觉精神状态好多了。此时，老板的弟弟走过来对我说，今天打算和我们一起去阿丙村，然后经察瓦龙回家，到这来了一个多星期帮姐姐的忙，闷坏了。

老板的弟弟是个生性活泼的藏族哥们儿，叫扎西——一个在藏区可以随便称呼任何一个小伙子的名字。头一天睡觉前，就见到他和一个身材高挑的藏族姑娘在茶棚外聊天。

回屋整理好背包，活动活动右膝，与阿青布拄着登山杖先走。那位背大包的老哥也一起出发，他步伐挺快，时不时要等我们，又不好意思说先走。我对他说，阿青布的经验足够丰富，没问题，他这才先行离开。

当天路程较长，从章切先走六七公里到卢阿森拉垭口，这是一处圣地，可以看到卡瓦格博的西南坡。随后从陡坡径直下到海拔 2460 米的谷底，那里有个很诗意的名字——秋那通，也有人叫“秋那塘”，更诗意。随之继续上山，过南通拉到海拔 3740 米的辛康拉垭口，再经过七八公里下坡，才能到达当天晚上的目的地——海拔 2290 米的阿丙村。40 来公里路，两个海拔高低差很大的垭口，对于拖着只恢复了一夜的右膝的我来说，的确是个考验，对于左腿胫骨还打着钢板的阿青布来说，也绝不是段轻松的路途。只有年轻的扎西什么问题都没有。如果说有问题，那就是他太活跃，这倒也不错，给大家带来更多的欢乐。

“大哥，我来背你吧，昨晚我看你腿都不能动了。”

扎西忽闪着他的大眼睛很诚恳地说。

“要么你把东西都给我，你需要什么我就给你递什么！”

扎西说，他的家乡在独龙江上游的一个小村子，道路要比转山路险峻，他有辆摩托车，有时骑着摩托搭那些进山的游客。有一次，道路损毁无法前行，一位女游客吓得不敢再走，无奈之下，扎西背着她又走了两公里才到村子。

谢过扎西的好意，我们三个在又一段“枫林大道”中慢步前行，秋天的色彩斑斓加上晨露的湿润让这段路很像是幅水彩画，想起自己 20 年前上师范美术班出门写生的情景。那时在新疆，天气干燥，眼前也多是干涩的色彩。毕业后在学校做美术老师，暑假时会背着油画箱去天山，先搭长途车到山下，再背着油画箱徒步翻越东天山著名的山口——天山庙。有一次，

◀艰难地向卢阿森拉圣地前行的老人

从天山北侧写生完准备回家，突然天降大雨，夹杂着冰雹，我只能背着油画箱沿山坡向天山庙方向爬。先是偶遇一头马鹿，然后又碰到一处哈萨克牧民的帐篷。主人邀请我进帐篷避雨，但我必须尽快赶到天山庙，因为从巴里坤回哈密的班车会在下午 4 点钟到达那里，否则就只能在山上过夜。

终于一身泥的到达垭口，很冷，哆嗦着走进天山庙道班工人的小屋，里面架着火，3 位维吾尔族道班工人在那喝着酒闲聊，见到我便热情地招呼坐下。

“来一碗先暖和一下撒！”

“不喝酒！走这种路的人不喝酒！”

说话间，一辆长途大巴哼哼着爬坡，开上垭口，我赶忙跑去搭车，可司机摆摆手，没有停车的意思。见状，一位维吾尔道班工人三两步跑到前面，拦住大巴车去路。

“你为啥不停车？”

“座位满了！”

“我们朋友就一个人，你咋样不能解决一下，随便找个小凳子坐在过道不行吗！”

就这样，在大雨夹杂着冰雹中，我终于搭上了回家的大巴车。回想那位道班大哥，很热情，年纪也和扎西相仿，只不过那时的我还很年轻。

出发半小时后，遇到一家三口，夫妻俩带着一个三岁大的孩子。孩子自己走。上坡时，父母在身后鼓励，实在走不动了就背着，下坡时，父亲拽紧手中的布条，布条另一头捆在孩子腰间，防止他不慎摔倒。这段路虽然相对好走，但旁边依旧是数十米深的山谷。路左侧，出现几棵红豆杉，树干上的树皮已被剥掉，甚至一些较粗树枝上的树皮也没被放过。

“这些人！这么干！你转山还有什么意思呢！竹子砍了还能长，这树皮扒了树哪还能活！”

剥树皮是有些转山者为得到一味重要的藏药，而扎西与阿青布对这种行为很是不满，在他们看来，在转山路上剥树皮是不能原谅的事情，与砍竹子有本质的不同，转山是为了修行，而在这条路上剥树皮，转山又有什么意义。

两小时后顺利到达卢阿森拉垭口，这里海拔不是很高，不到3000米，但这是转山路上极为重要的垭口，因为这里是卡瓦格博四方圣地之一，能看到卡瓦格博的南侧。除了南方圣地卢阿森拉，还有东方圣地雨崩、西方圣地甲兴、北方圣地措格。

此刻，幽蓝天空下的卡瓦格博显得如此之近，你只能仰视。转山道路200多公里，能看到卡瓦格博的地方，除了214国道的数十公里是沿着梅

▲挂满经幡的卢阿森拉圣地

里东坡走，能一览梅里十三峰盛景外，只有卢阿森拉和辛康拉垭口能看到卡瓦格博南坡。再就是过了察瓦龙乡后，沿堂堆拉垭口翻过海拔 4500 米的山脊到甲兴村，那里能看到梅里西坡，但那又不在转山线上，很少有人抵达。除此之外，转山之路都是在垭口与河谷间穿行，并不能看到卡瓦格博。

卢阿森拉垭口上堆满了盛满糌粑的碗和衣物，一层层的，经幡更是密密麻麻地挂上很高的枝头。一位大姐正念念有词地面对糌粑堆，将碗里的糌粑捏起一撮撒向空中，然后又把剩下的糌粑连同碗一起放在糌粑堆上。传说转山人在这里供奉糌粑和衣物，来世转山于此，可以使用前世供奉的物品。还有一种说法，这里是通往来世的道路，前生供奉物品，回头往生路上可以使用。

垭口最高处的平台香火旺盛，点亮几盏酥油灯，为亲人祈福。随后，阿青布提醒我，这里是供奉重要物品的地方，我为朋友带来的观音像可以

▲转山者将糌粑撒向堆满衣物和糌粑的地方

供奉在这里。在北京，朋友托我将一尊用如母石雕刻的小观音像带到梅里，找一个合适的地方供奉。卢阿森拉是转山路上人们认为最神圣的地方。绕到平台之上，阿青布在一处小小的断面上挖出一个小佛龛，然后用石块支撑稳固，将佛龛内的小石块整理干净后将朋友托付的观音像放入其中。阿青布问了朋友的全名，随后在旁边双手合十地念经，其间，我能听懂的只有六字箴言和朋友的名字。此时，旁边传来一阵更浑厚的诵经声，一位身材魁梧的喇嘛面对香台，虔诚诵经，然后五体投地，三拜卡瓦格博。

**随着太阳从怒江西侧的高黎贡山山脊落下，一片浓郁的橙红色铺在缅茨姆身上，这景象，转山者只能从梅里西侧才能看到——一片让人哑口无言的色彩，一切语言与照片都无法言尽它的美，健美、挺拔、秀丽、深邃……静静地看着就好。**

# 落日金山缅茨姆

做完答应朋友的事，阿青布指着河谷对面直线距离好几公里外的山脊说："那里是南通拉，一段很长的大坡，爬上去就到辛康拉垭口，顺利的话，我们 4 点可以到那里，也就是 6 小时以后。"

翻过去，先要考虑眼前的路，从卢阿森拉到阿丙村，先要迅速下到海拔不到 2460 米的秋那桶，然后经过南通拉翻越海拔 3740 米的辛康拉垭口，再走七八公里，下降到海拔只有 2290 米的阿丙村，纯粹的超级人肉"过山车"。

下卢阿森拉垭口的路很陡，虽然两侧郁郁葱葱，但那条小道上却尘土飞扬，土质细干，与上垭口时完全不同。很多转山者都是一路小跑下山，我却不敢，右膝刚刚有所恢复，绝不能再次出问题。扎西也是一溜小跑地冲下山区，反戴着棒球帽，肩上横扛着一根新砍的竹杖，两只手搭在竹杖上，活脱脱一带路的孙悟空。

突然，扎西停下脚步回身说：“你注意对面山上的树林，我来的时候看到那里有一群猴子，说不定这次还能看到。”

我心想，对面没看到猴子，面前倒真有一只。就在此刻，余光发现卡瓦格博西南坡有些异样——是雪崩！在海拔接近 6000 米的侧脊上，有大片积雪冰岩崩塌，垂直向下坠落。由于这段山体太为陡峭，感觉足有一分钟才坠落在下方山体上。冰雪向前席卷着逐渐扩散开，随后而来的，还有沉闷而又让人恐惧的轰鸣声。此刻,想起 1991 年那次山难。在卡瓦格博东侧，一场雪崩吞没了中日联合登山队的 C3 营地，十七位登山队员与之融入明永冰川。直到七年后,他们的遗体才被冰川推送出来,离开卡瓦格博的身体，回到他们原本的世界。

正午时分下到谷底，秋那通是“黑水河边的坝子”之意。黑水河是一条穿越山谷，由卡瓦格博南侧冰川流淌下来的河，夏天水很浑浊，没法喝。这里是一片峡谷地带，没有村庄，只有一些因转山而出现的茶棚客栈。

此处有一座吊桥，用钢索和木板搭成的，桥两边挂满经幡和风马旗，噗噜噗噜的随风飘展。看到桥有些纳闷，木板好办，这钢索是从哪里运来的？阿青布解释说，上个羊年，红坡寺的巴扎活佛组织寺中僧侣和云岭乡民众，将建桥用的钢索与水泥肩挑骡驮，翻越多克拉和卢阿森拉垭口运到这里。建桥过程中，附近村子的乡亲们也都自发带着粮食和物资来此修桥。现在，桥两端是转山者很重要的休息场所，茶棚也很多，俨然快成了一个正经村落。

一路都是喝酥油茶和自己水壶里的水，此时想买瓶可乐，冰的。这里的常温饮料就是冰的。店老板是一位四川大姐，看到转山路上的商机，专门到这里投资开店，商店只是一层的一小部分，里面是大通铺和小单间，

►搭摩托车上南通拉的转山者

►调皮小鬼日茨卓玛

►眉宇清秀的茨吉拉姆

竟然还有二楼！

扎西停了下来，说看到昨晚住在他家店里的那个姑娘和她的家人朋友在一起，还邀请他一起吃午饭。我和阿青布继续前行，大表哥赶着骡子早已经超过我们，在合适的地方等我们吃午饭。

午饭很简单，在茶棚里吃了几个油饼，一张油饼一块钱。自然少不了喝酥油茶，要喝透，休息好再出发。茶棚里还有一个五六岁的小姑娘，一身青色藏袍，是个精灵可爱的小捣蛋。小家伙不会说汉语，是主人的侄女，叫日茨卓玛，对着我开心笑着一通说，我什么都没听懂。转头她发现我旁边放着的登山杖，这下可有玩儿的了，拄着双杖一通蹦，几次差点儿栽倒。拿出相机，装上 35mm 定焦，光圈放大到 F1.8，让小调皮的脸完全充满画面，定格，日茨卓玛歪着脑袋，带着微笑。

南通拉扎位于南通拉之下，是个阿丙村青年的摩托车集散地，停放着十多辆摩托车。这里的小路可通摩托车，如果你走不动了，胆子又够大，可在此搭乘他们的摩托车翻越南通拉垭口去阿丙村。

农波斯是这里年轻人的带头大哥，也与阿青布熟识。话说这一路做各种生意的人就没有不认识阿青布的。见到我和阿青布走来，他放下手中的活，带我们到茶棚休息，并顺手拿过一罐红牛塞给我。

茶棚小商店里，四位小伙子围着木板搭成的桌子打麻将，他们有自己的“协会”，加入进来才能跑这段路的运营，而加入就必须守规矩，按顺序派活儿，不能抢，不能随意加价砍价，要维持整体市场秩序，童叟无欺。货柜前站着两位姑娘，十六七岁的样子，她俩负责商店销售。个头稍矮的叫茨吉拉姆，眉宇清秀，汉语也不错，穿着件粉色的上衣很是显眼，一顶毛线编织的帽子下，挂着两条乌黑、干净、粗实的大辫子，直至腰间，扎辫子的皮筋一个是蓝色，一个是黄色。这里的年轻人，家都在阿丙村，中学毕业后如果不出去打工，基本上就留在村子里，主要依靠转山之路为生，或开店，或搞摩托车运输。农波斯要派两个弟兄骑摩托把我们送到辛康拉

◀前后脚一同走了三天的宫秋拉姆和鲁追耸姆

垭口，不必再去走南通拉大坡，我们没同意，现在身体状况还好，能自己走还是自己走。

南通拉——通向天空的高坡，一路向上，没有下坡。大表哥赶着骡子先行上坡，与骡子的铃铛声掺杂着，听到一串儿突突突的摩托车声从身后靠近，是菊芳大姐。实在走不动的她搭摩托车从秋那桶来到南通拉，估计到辛康拉垭口后她还得搭摩托车去阿丙村。此时，右膝又开始有些酸痛。从早上 7 点多开始，已经走了 5 个小时，20 来公里，速度已是足够快。这段路面很干燥，灰尘与碎石夹杂着，每迈一步就腾起一股尘土，嗓子变得更加干燥。跟着几位老人，尽可能迈开步子向前，可路很窄，不容易超越。终于到了一个小岔路，发现前面的老人正是前两天遇到的那一家人。她们来自昌都的江达，从家坐两天车来到德钦，然后开始转山。前面走着的两个女孩儿，一个叫宫秋拉姆，一个叫鲁追耸姆，是堂兄妹，终于，她俩不再躲避我的镜头，一步步迈上山坡，一张张记录下她俩的笑容。我很喜欢这种真实、淳朴的笑容，还有简单、阳光的面孔，那种健康之美，早已将天天抓着手机玩自拍，然后用美颜功能玩儿命修饰自己的所谓美女们甩出百十条山谷。

从秋那通出发又走了 4 个小时，已是黄昏。阳光终于从浓密的云层中透了下来，云层开始飘散，从一整片变成一片一片的，身后，缅茨姆从已经遮挡了它 3 天的云层中露了出来。之前 7 次来到梅里，多是从飞来寺的东侧看缅茨姆，在明永冰川路口与雨崩看到的是北侧，红坡寺看到的是南侧，这里是西侧，我唯一没有看过缅茨姆的方向，只有徒步 3 天才能到达的方向，运气很好，我看到了它的这一面，思绪中会有一个更完整的缅茨姆。

随着太阳从怒江西侧的高黎贡山山脊落下，一片浓郁的橙红色铺在缅茨姆身上，这景致，转山者只能从梅里西侧才能看到——一片让人哑口无言的色彩，一切语言与照片都无法言表它的美，健美、挺拔、秀丽、深邃……静静地看着就好。

慢慢的，缅茨姆身上的色彩开始变化，从橙红色变为淡淡的玫瑰色，由下至上逐渐消退，从肩膀到面庞、发梢，让人不舍，想留住眼前的美好，但无法抓住，只能不顾一切地看着它，看着最后的余晖在它头顶消逝，把美好留在记忆深处……

▲圣水营地，落日下泛着金光的缅茨姆

“扎西，怎么不去和那姑娘聊天了？”
“她属马，比我大一岁。”
“那怕什么！”
“她结婚了……”
“就是她旁边那个瘦高个吗？比你这阳光、健硕的扎西差远了！”
“可她有两个孩子……”

# 扎西的无奈

在我呆呆地看缅茨姆时，阿青布走到一处挂满经幡的崖壁前，低头探身。那里有一个洞，洞口边还有个扎着长杆儿的水瓢，洞内有个半米来深的洼地，山岩间渗出的水会在此聚集。阿青布舀上来一小瓢，自己喝了一小口，见身边已围满转山者，男女老幼，于是将剩下的分给大家，每个人都毕恭毕敬地用双手捧着接一点儿，虔诚，心存敬畏，一滴不漏地喝下。

这里叫“噶玛拔希修行水”，简称“圣水”。相传700年前开创梅里转山路线的嘎玛拔希路过此地，曾饮用过此处的泉水，而这里的泉水冬季不会结冰，夏季也不会溢出，成为转山者行走于此处的主要饮水来源。但转山者都会自律，只此一捧，不多喝，更不带走。

►阿青布在圣水旁为转山者们舀水

此时，几位城里人打扮的藏族年轻人路过。仔细打量，竟然是扎西一直挂在嘴上的那位高挑的姑娘和她的家人、朋友，可没见到扎西，他不是在秋那桶就和人家混在一起吗？

没多想，还是继续上山，尽可能在午夜前赶到阿丙村。路两边的山林间有一些废弃的木屋，阿青布说这些房子过去是挖松茸的人住的。20 年前，二十出头的阿青布还没做转山向导这一行时，夏天会来到这里背松茸。松茸挖出后保存时间很短，否则伞打开就不值钱了。那时，村里有人挖松茸，再一层松茸一层松针地摆放在竹筐里，阿青布的工作是背着装满松茸的竹筐尽快送出去。天黑出发，凌晨就要抵达四十多公里外的多克拉垭口，清晨翻过垭口，傍晚就到了羊咱桥。想一想，我 3 天走的路，当年他背着一筐松茸不用 24 小时就走完。

这个深秋时节早已没了松茸的影子，那东西只在七八月间会生长出来，除了梅里雪山，香格里拉地区与川西的甘孜、阿坝都出产松茸。2014 年夏末自驾旅行，和朋友们走303省道路过小金。傍晚出门本打算找个饭馆简单吃晚饭，可发现路口有牧民在卖新鲜松茸，因为即将过季，多数松茸的伞已经打开，60元一斤！这可是新鲜松茸呀！立马来上二斤，再去超市买些盐、油，回到宾馆打开窗户，支起随车带的户外炊具，直接在窗台上煎松茸，管饱！再炖锅鹅肝菌松茸汤，溜缝儿。

回想着吃松茸管饱的场景，不知不觉到了一处观景平台，阿青布说那是阿丙村的村主任带着村民修建的，如果天气好，从左到右能看到卡瓦格博、巴乌巴蒙、杰瓦仁安、缅茨姆、努松说根。突然，看到观景台上有个熟悉的身影——是扎西，腿脚利落的他在这里已经等了我们一个小时。

“扎西，怎么不去和那姑娘聊天了？”

“她属马，比我大一岁。”

“那怕什么！”

“她结婚了……”

“就是她旁边那个瘦高个吗？比你这阳光、健硕的扎西差远了！”

“可她有两个孩子了……”

靠在观景台上，缅茨姆已逐渐隐没在正东方逐渐暗淡的暮色中，沿着山坡下那一棵棵高耸的松树望向远方，向右，是十多公里外的秋那桶山谷，向左上，隐约看得到经幡飘扬的卢阿森拉垭口。大半天走过的路，绕过多条山谷，在两道冰川融水间穿行，俨然在这山谷森林间已走了近30公里，还不说要经过两个落差过千米海拔的垭口，自己都觉得不可思议。前方，还有1公里就能到辛康拉垭口，随之经过七八公里的下山路到达晚上的落脚点——阿丙村。

正望着远方发呆，却听到观景台下的山路上有沉重的喘息声，伴随着脚踩在碎石上打滑的声音——是早上那位快步先行的老哥，不知什么时候我们已超过他，可能他在某个茶棚休息时我们没注意到。

“步子大一点！要像个男人！”

▲辛康拉垭口下方的平台上，扎西转动着一个转经筒

▲南通拉大坡上的转山者

▲翻过辛康拉垭口，进入怒江河谷

看着老哥艰难前行，扎西已经从郁闷与无奈中摆脱出来，又开始展现出他无限的活力。

走上辛康拉垭口，太阳已经落在西面大山身后，虽然没有积雪，但这座大山也有个响亮的名字——高黎贡山。

知道高黎贡山不是因为它那丰富的生物种类，也不是百年前法国传教士沿怒江而下，将咖啡种植与葡萄酒酿制带到中国。知道高黎贡山是因为70年前，千千万万的中国军人依托这座大山和怒江，挡住了日军前进的路线，还有那曾经穿越大山的中国抗战运输大动脉——滇缅公路，以及在这些大山之间穿行的“驼峰航线”。

“我家就在那大山的后面，再有三天就能到，那里很少有人去过的，有机会你一定要去，就找我扎西！”

看得出扎西很爱他的家乡，他也没考虑去大城市打工，就想能开着他的摩托车在山间小路上跑运输、送货，或是拉那些敢在悬崖小道上乘坐摩托车的游客。辛康拉垭口上，扎西让我给他拍张照片，站在飘扬的五彩经幡之间，身后远方是高黎贡山——他的家乡。

终于该下山了，还有七八公里，山坡两侧有很多枝干黑黢黢、光溜溜的松树，是几年前山火造成的，只剩下树尖有少许绿色，努力地继续向上，让生命能够得以延续。面前的第一道山脊上，有个小商店，门口停着两辆摩托车。从南通拉扎过来的摩托车只会将搭车的转山者送到辛康拉垭口，下山这段是另一群村民管理运营，互不越境抢活儿。

一位年轻人从挂着“扎西罗布平价小卖部”招牌的商店窗口探出头来，二十出头，扎着一个户外花头巾。阿青布说，年轻人并不是扎西罗布，是扎西罗布的儿子，第一次见到他时还是个刚会走路的孩子，如今都成大小伙子了，而阿青布也已围着梅里雪山走了 138 圈。

几个人坐在小商店门前休息，我看着脚下那双户外鞋，鞋底已磨损严重，鞋帮也有些裂开，上面满是尘土。这双鞋是左左送的。两年前，她从美国带回来送我，两年间，这双鞋陪我走过黑戈壁、罗布泊，走过甘孜、阿坝，走过怒江、丙察察，也走过北京的大街小巷、大理古城的青石板路。今年，它又陪着我走过梅里的雨崩，还有艰辛的转山之路，该休息了。回去后洗一洗，放着，不扔。

当天最后一点点光线飘过山脊，比山脊低 1000 米的深谷底，隐隐可以看到那里的山崖平台上有一处村子——阿丙村。

此时，下起小雨，雨和汗水混杂着，落在布满尘土的小路上……

**阿丙村的黎明，晨星还未散去，骡队的铃铛声已清脆响起，向山上延伸，为转山沿途的客栈、商店运送物资。扎西罗布家门前，燃起一缕香味独特的青烟，点的是城里人用来做高端手串的崖柏。**

# 日夜星辰阿丙村

阿丙，当地人发音“阿本”，是个拥有五十多户人家的大村子，虽然距离怒江不远，但半山腰的尴尬位置却让村里缺水严重。为此，村主任普索朗带动村民将木质水渠逐步换成水泥渠，尽量不浪费水。

“梅里雪山整体在云南境内，但转山的道路有200多公里长，一半在西藏境内，翻过南面的多克拉垭口，就进入西藏地界，也是我们阿丙村的最南端。道路是带动经济发展的重中之重，与其天天打报告等审批、拨款，不如我们自己先干，18岁以上50岁以下的村民不分男女都来修路，干出个样子来再说。”

当年的普索朗年近40，来到阿丙村做村主任已有4年时间，上任伊始，

▲坐落在河谷平台上的阿丙村

修路就成了他关注的首要问题。进出阿丙村有两条道路，一条是可通车的7公里土路，到怒江边与丙中洛—察瓦龙公路相连，再转向北，可以到达30公里外的察瓦龙乡。另一条小路充其量只能通行摩托车，向南延伸至云南西藏交界的多克拉垭口，全长50多公里，平日只有转山香客通行。

修路一来能让这条转山之路保持顺畅，二来也能给村民带来收益。路好一些，摩托车能够通行，村里的年轻人可以搭送走不动的香客翻越辛康拉垭口直接到村里，也可以在路上做休息站，卖水和食品。在普索朗的带动下，村民用5年时间修缮了50多公里转山小路，香客哪怕不坐摩托车，徒步走过这50多公里小路也比以往节省了一天时间。村里同时还组织了救援队，通过这条小路，义务将受伤的香客或游客人力转运至乡里。

和普索朗的聊天中得知，阿丙村东侧海拔 4400 米高的山脊上，是能看到梅里群峰多座 6000 米以上山峰最高的观景点。择日不如撞日，我当下表示希望能有人带我上那山脊，于是普索朗去找村里最熟悉那片山林的平措。平措曾经是村里最好的猎人，在这片山中抓猴子，后来不让打猎，他开始在山里挖菌子，特别是松茸，以此贴补家用。

为了节省时间，平措骑摩托车带我穿过那些悬崖小路回到辛康拉垭口东侧，在那些废弃的木屋处停车，然后顺着屋边的竹林一路向上。平措说，他从这里海拔 3500 米的木屋到海拔 4400 米的山脊大约要两小时，我用 3 小时怎么也能上去了，能赶上日落。因为知道这段路节奏快、强度大，我出发前带了两瓶水。

半小时后，我喘着粗气，浑身冒汗地走出竹林，开始进入栎树为主的阔叶林带。原本想我和平措一人一瓶水,但此时,我担心两瓶水都不够我喝，而他压根没有喝水的意思，又过了一小时，在海拔 4000 米的一处缓坡上，杜鹃花树铺满整个山脊。如果是 6 月，那这里将是一片淡粉色，远处映衬着缅茨姆。再向上，没有了植被，我竟然出乎意料地和平措一样，两小时爬上这道落差 900 米的山脊。很多时候,坚持,能让自己的潜力发挥到极致。

坐在山脊之上，看着 7 公里外的卡瓦格博身上的云层逐渐散去，等待日落的日照金山胜景的到来。宁静中，突然感受到面对的远方传来一股无法抗拒的力量，一阵阵低沉的轰鸣声，裹挟着气浪而来——是雪崩！虽然相隔几公里远，依旧让人心生敬畏与恐惧。1991 年 1 月 3 日，那场崩塌量达到 30 万立方米堆积的雪崩瞬间将 17 位登山者与卡瓦格博融合在一起 。

一小时后，云层幕布拉开，再一次地日照金山，梅里的落日照金山，在海拔 4400 米的位置面对落日照金山。据平措说,这片山脊很少有人涉足，全阿丙村没几个，外来的游客更少。金色逐渐在几座雪山上消退，缅茨姆、巴乌巴蒙，最后是卡瓦格博。随着阳光消失，气温骤降，平措带着我快速从另一道山脊下撤，在天黑下来前尽可能降低海拔高度，越低越好。

►即将抵达阿丙村的转山者

►黎明时分，一位村民背着孩子在屋顶煨桑

天黑透了，我们也只用时一小时便下撤 900 米落差高度，再乘摩托车回到阿丙村。接近村子时，能听到前方传来的音乐声，村民们聚在小广场上跳锅庄。在这大山深处，晚上的锅庄舞是很重要的交流场合，为男女青年营造沟通之所。

阿丙村的黎明，晨星还未散去，骡队的铃铛声已清脆响起，向山上延伸，为转山沿途的客栈、商店运送物资。扎西罗布家门前，燃起一缕香味独特的青烟，点的是城里人用来做高端手串的崖柏。

在崖柏化成的袅袅青烟中，我们同普索朗一同乘车前往察瓦龙乡。这段路全程处于干热河谷地带，一路都是尘土狼烟，我也刚好借机让受尽折磨的膝盖休息一天。从村子先走 7 公里到达怒江边的传奇之路——丙察察，再沿着怒江走 30 来公里到达察瓦龙乡。后一段路我在半年前和朋友们走过，路况还说得过去，就是经常要走在怒江边的崖壁小道上，对开车人与乘车人的心理都是个考验。

近年来，随着丙察察逐渐被人熟知，这里也成为自驾、骑行、徒步爱好者眼中的圣地，但来到这里的人大多是冲着艰险道路。我们比较贪心，除了来感受这条艰辛之路，同时也想追随前辈探险者脚步，了解此地历史格局变迁。

# 传奇之路丙察察

2013 年新年，朋友从英国为我带回份礼物，一张印刷于 1887 年的中、印、缅三国之间未定国界的地图，还有与这张地图相关的英国皇家工程院院士——沃克尔将军关于“怒江下游是哪里”的研究报告。文中详细记录了传教士、探险者从印度阿萨姆邦进入中国西藏察隅高原，来到怒江流域传教，并进行地理、人文等方面考察的过程。

三个月后，朋友为我翻译的一篇小两万字，名为《西藏怒江：伊洛瓦底还是萨尔温河的源头？》的论文出现在我邮箱里，一口气看完。从历史、地理，到人文、宗教，这篇论文更像探险游记，记录着当年那些探险者随时有可能付出生命的艰辛历程。只是到最后，沃克尔将军论文的结论错了，

▲怒江峡谷与丙察察之路

怒江已证实并不是伊洛瓦底的源头，而是萨尔温江的上游。

随后不久，在微信朋友圈里看到一篇旅行帖，关于滇藏之间的一条小路——丙察察，一条从云南怒江州丙中洛乡，沿怒江向北到达西藏察隅县察瓦龙乡，再由北向西，抵达察隅县城的传奇之路。对比发现，这条路就是一百多年前那篇论文中提到的探险者和传教士在中国境内行走的路线。于是，有了一个旅行计划，在丙察察还没有改建，基本保持着传统状态的时候，尽快走上这条传奇之路。走上这条路还有一个重要原因，这条路的其中一段——阿丙村路口至察瓦龙乡是梅里转山的线路，而从丙中洛至察瓦龙，本就是梅里大环线的一部分。

就在转山前的五月末，六个男人、两辆车，我们走上丙察察之路。走上这条由茶马古道改建而成的小道，感受这条在当今高速发展的社会中依然保持原来模样的路。从那份考察报告上可以清晰地看到，在一百多年前，外国探险者目的是考察发源于西藏的怒江下游到底是哪里，是伊洛瓦底江还是萨尔温江。

“丙察察”全长约 270 公里，包括丙察公路和察察线，从云南丙中洛乡向北 60 多公里到西藏察瓦龙乡，再转向西跨过怒江前往察隅县。这条小道被人们称为第七条进藏公路，是进藏路线中最为艰险，但也是景致风貌保留得最原始的路线。丙察察路的前身是一条茶马古道，因藏区属高寒地区，

▶丙察察的标志之一——老虎嘴

▶丙察察的标志之一——大流沙（堆格）

以牛羊肉为主食的藏族同胞需要用茶分解身体脂肪，但藏区不产茶。在内地，民间役使和军队征战需要大量骡马，而藏区和川交界的地方地产良马。于是，具有互补性的茶和马的交易即“茶马互市”便应运而生。这样，藏区和川、滇边地出产的骡马、毛皮、药材等和川滇及内地出产的茶叶、布匹、盐和日用器皿等，在高山深谷间南来北往，流动不息，并随着社会经济的发展而日趋繁荣，形成一条延续至今的茶马古道。

近两年来，随着丙察察逐渐被人熟知，这里也成为自驾、骑行、徒步爱好者眼中的圣地，但来到这里的人大多是冲着艰险道路。我们比较贪心，除了来感受这条艰辛之路，同时也想追随前辈探险者脚步，了解这条路两边千百年来的历史变迁。

第一次看到朋友送的这份《西藏怒江：是伊洛瓦底还是萨尔温河的源头？》，注意到三个地名——茨中、察瓦博木噶、秋麻塘（Chamoutong），茨中去过多次，在澜沧江畔，从查里通向下几十公里就到，而察瓦博木噶和秋麻塘，朋友不能确定准确的音译，还标注了英文，但从地图与文字内容可以确定，“察瓦博木噶”就是察瓦龙，“秋麻塘”则是怒江边的下秋那桶，“塘”与“通”“桶”，在当地也都是混用，音译本就如此。

而论文中对传教士遭遇的描述，则让我联想到第一次丙察察之行时，在丙中洛天主教堂后院见到的法国传教士 Annet Genestier 的墓地。Annet Genestier 于 1886 年从印度阿萨姆邦进入中国，1898 年来到丙中洛传教，直到 1937 年病逝。墓碑是 2005 年重建的，而教堂附近的草丛中还散落着很多百年前兴建时的石雕建筑构件，这些构件与教堂本身还有墓地，都在 40 年前被铲平。接待我们进入教堂的是藏族神父——扎西。在丙中洛、茨中等地，很多家庭都是各种信仰并存。

怒江中下游地区，高贡山山脊上那些葡萄、咖啡的种植都是百年前的传教士带来的。当初和朋友驱车前往怒江建于乾隆五十四年（1789 年）的双虹桥，那是怒江上的第一座桥。拐下高速的潞江坝，坐在树根茶台边，

▲丙察察干热谷地尘土飞扬

我们喝到了当地出产的手工冲泡咖啡，口感柔和，清新怡人。那一刻，能感受到当年那些传教士的胆识、执着与激情，于信仰，于生活。

出阿丙村山口，沿着正在施工、尘土飞扬的丙察察向前，窗外偶尔有虔诚的香客徒步前行，时不时被车轮扬起的尘土湮没。因为有公路，从阿丙村到察瓦龙这段路有九成以上的香客选择乘车，因此也带动了这一段路上的营运业，来自昌都、玉树等地的营运“小面”也打着接亲友的旗号远道而来抢生意。

路遇一座小庙，旁边树上挂满供奉的念珠，各种质地都有，阿青布说这是为藏区唯一的女活佛建的庙。正午的阳光下，小庙的白墙很是扎眼，庙门内，酥油灯的火焰随着带进庙内的微风飘逸摇曳。小庙在这干热河谷间带给人们一处纳凉之所。庙旁有块白色巨石，上面有一道凹槽，并不是

◀丙察察路上的徒步者

因为石头本身是白色，而是巨石上面撒满糌粑。

此处的温泉很是有名，叫曲珠温泉，就在怒江边的岩石之间，泉眼很多，但水质一般。即便如此，对于转山者来说，这也是外转途中一项重要“福利”，转山者可在温泉边扎营，也可在旁边一处石头房子里过夜。

再往前是大流沙，藏语为“堆格”，“堆”意为“滑坡带”，“格”是白色。头次来此的人，瞬间就被这从数百米高的山崖上倾泻而下的灰白色流沙“瀑布”所震撼。相传有一位蛇神与卡瓦格博斗法，有一回蛇神在此处悄悄靠近正在吃饭的卡瓦格博，卡瓦格博顺势将手中的米饭撒向蛇神，米饭化为大流沙将其压在怒江边。

如今，大流沙是转山者的必经之路，也是丙察察上的重要标志之一，巨型滑坡地貌。大流沙所在的山峰从怒江边拔地而起，直上数百米高，通体发黑，山顶之下的一处小山坳，流沙呈扇面向下，越往下越宽，最后直接铺向道路冲进怒江，气势夺人。流沙下方最宽处有数百米，转山者大多会选择每天正午之前过大流沙，因为正午之后常常起风，白沙会随风流动，甚至变成白沙瀑布从山坡上一泻而下。流沙坡最下方，砌着一道坚固的岩石、水泥堤坝，但流沙早已漫过堤坝，继续向怒江行进。路两端停放着铲车与推土机，随时有道班工人值守，如果遇到严重滑坡，他们会马上进行道路疏通作业。转山者至此，也大多快步而行，但不忘从流沙间抓一把碎石带走，这可是有着神迹的圣物。

午后，来到察瓦龙公安检查站，路边到处是仙人掌，半年前路过时正是开花的季节，现在，仙人掌上都是小果子，但别贪心乱动，上面的毛刺会让你无所适从。

“察瓦龙”这个词原本的意思就是干热贫瘠的河谷，而察瓦龙乡政府所在地，还有另一个当地人一直沿用的名字——扎那。

随着丙察察道路的重修，这两年察瓦龙的建设明显加快，不断地起楼房、建宾馆，旺季时常常爆满，一个标间怎么也得300元，到了秋冬时节，工人、游客、转山者都急剧减少，住店价格也立刻腰斩。在梅里转山的道路上，察瓦龙也算是“大城市”，规模仅次于德钦县城，除了这两个地方，也就是几个村庄了。

安顿好住的宾馆，洗了个澡换身衣服，顿时觉得身轻如燕、精神焕发。溜达到镇子上找阿青布——阿青布和大表哥要照顾骡子，所以我们没住在一起。

遍布尘土与石块的主街道两侧，布满旅馆、商店、杂货铺，话说这里也就这么一条街，很多转山者都是住到前方不远的龙普村。杂货铺里很多是经幡、胶鞋、背架等转山者需要的货品，商店里则装满了食品、饮料，竟然还有蔬菜。

一阵风，卷起尘土打着小滚儿经过，有头藏香猪带着几头小猪穿过道路。路边客栈门前，一哥们光着脚坐在路边，正冲我傻乐——是转山第一天晚上遇到的张杰。他两天前就到了察瓦龙，在这儿等我一起去西坡，到了察瓦龙就给我打电话，打不通。我们当时在阿丙村，那里本来有电信信号，但因为修路队挖断了线路，据说头天中午好了五分钟又断了。

张杰就说刚到察瓦龙时遇到一个重庆的女孩儿，自己一个人背着大包走，一路不搭车。本来邀请她等我到了察瓦龙一起去西坡，但姑娘担心时间不够，休息一晚自己又接着往前走了。

晚上，普索朗请吃饭，在一处叫丽江饭店的小饭馆，包间的墙上写满游客感言，其中一段吸引了我和张杰的注意——“怒江都快走完了，还没有掉下去——寂寞。”

**黄昏，最后一束阳光穿过山谷落在甲兴的牧场与村舍上。除了牲畜的叫声与偶尔出现的村民对话，就只有风和雪山冰崩的声音。此刻，如巨大“白海螺”般的卡瓦格博被铺上一层金色。绝大多数看到梅里日照金山的人是在东侧，是日出日照金山，想看到日落日照金山，只有在西侧。**

# 世外甲兴

从察瓦龙开始，我们离开预定路线，雇辆车前往卡瓦格博西侧，被梅里群山环抱的西坡小村——甲兴。

出城 20 公里，在海拔 3352 米的堂堆拉垭口向右有条小路，很多人不会注意到，从这里前行数公里，爬升海拔 1000 米后就能看到卡瓦格博西坡。路上有一片森林大火造成的枯树，光秃的树干在晨雾中扭曲着、伸展着。树下的草是新长出来的，有些绿色，有些已经因气温降低而开始枯黄。早晚有一天，这些枯死的树干会被新长出的小树取代，他们燃烧后的余烬，也为后续的生命提供了更多养分。

清理掉山坡上滚落至路面的石块，继续前行。北侧，一片片山峦在云雾中忽隐忽现，司机说那是察隅方向，正西方向则是怒江峡谷，隐约可以看到察瓦龙，在悬崖新路上环山向上，终于到了能看到卡瓦格博的地方。察瓦龙海拔只有 1910 米，这里海拔接近 4300 米，明显冷了很多，风也很大。正东方向的卡瓦格博没有从云层中露出来。在它两侧，措格腊卡居左，戈达尼腊卡守在右侧，像是门神。此时，我们离门神很近，在它的山脚下，可以看到道路蜿蜒向前，终点就是甲兴。

说到梅里雪山下的村子，一般游客只知道东南方向云南德钦的雨崩，很少有人知道山对面西藏察瓦龙的甲兴。甲兴，是隶属西藏察隅县察瓦龙乡龙普村的一个只有四户人家的自然村组，数百年来，这是一个罕有外人知道的小村。因为去过的人很少，甲兴村的村名长期以来连汉字写法都没确定，也有叫“甲应”的，也有叫“甲辛”的，但现在官方确定为“甲兴”，也是取兴旺之意。

如今随着与外界道路的打通，更多人知道了这个世外之地。甲兴在藏语中是牧场的意思，因为察瓦龙乡地处怒江干热河谷地带，夏季对于牦牛来说过于炎热，无法生活，扎那、龙普等地的牦牛必须赶到甲兴避暑。

翻过一座海拔 4300 米的垭口，云散了，眼前突然开阔起来，措格腊卡与戈达尼腊卡之间的山谷里，隐约可见一处开阔的牧场，其间几座村舍，正西，一座外形酷似“白海螺”的巨大山峰端坐在几公里外——是卡瓦格博！

从东侧的飞来寺看卡瓦格博挺拔俊朗，而从西坡看则博大雄浑。我已有十次从飞来寺看卡瓦格博的经历，春夏秋冬的卡瓦格博都见过，但从西侧，还是头一回。沿着蜿蜒向山谷而去的小路继续前行，进入森林，有几位修路工在加固道路护坡。他们不懂汉语，司机说，他们多是龙普村人，道路已修到村里，他们现在主要的工作是加固护坡，特别是悬崖这一侧，因为山体疏松，很容易产生滑坡落石。

察瓦龙乡乡长吴明军对打通甲兴的道路和推广甲兴很是在意，但他并不希望道路直接修进村里，而是修到村外的小桥即可，这样村子能保持原

▶傍晚的最后一束阳光洒落在甲兴村

▶卡瓦格博与山谷中的甲兴村

▶随着道路打通，物资也更容易运进甲兴，村民们也开始盖房，一来改善居住条件，二来能做旅游接待

▲甲兴村的清晨到处布满冰霜

有生活和样貌，深度游的旅行者会更喜欢。如今公路打通，曾经的进村小路依旧得以保留，就为了徒步的旅行者依旧能找到那份传统与纯净。

四户居民的房屋就建在海拔 6509 米的措格腊卡雪峰之下，这座雪峰在东坡游人如织的飞来寺景区是看不到的，因为被“黑头将军”扎堆吾学遮挡。我们住在村口的江措家，村里没有电话信号，只有江措家有部卫星电话能同外界沟通。

“村子通路了，知道这里的人慢慢多了，会有游客来，这边的亲戚要盖房，找我来帮忙。”

牧场边，龙普村的达瓦茨仁在帮亲戚盖房子。路修好了，游客来也会容易很多，到时候旅游的生意应该不错。达瓦茨仁的儿子土典关久怕生人，见到我立刻躲到父亲身后，以后，估计见得多了，也就不怕了。

甲兴村东头，山谷之间有一片空旷的牧场，北侧有一片经幡，南侧则是条小河，几公里外卡瓦格博的冰川融水从这里流淌向西，汇入怒江。河边的树林里，有两位旅行者扎营休息，一看就是正经玩儿户外的。其中一位网名“AE86”，他说打算第二天从措格腊卡西侧横切，可以看到壮观的梅里北坡冰川，还有卡瓦格博北方圣地——措格。

小牧场的经幡下，碰到一位中年大姐，她说也打算和AE86他们走北坡，还花钱雇一位村民帮她背包。那条路太艰险，她自己背包翻越必然没戏。

黄昏，最后一束阳光穿过山谷落在甲兴的牧场与村舍上。除了牲畜的叫声与偶尔出现的村民对话，这里只有风和雪山冰崩的声音。如巨大“白海螺”般的卡瓦格博被铺上一层金色。绝大多数看到梅里日照金山的人是在东侧，是日出日照金山，想看到日落日照金山，只有在西侧。相信在不久的将来，会有更多游客至此，一睹日照金山的盛景，聆听白色海螺的回响。

当最后一束阳光消失在卡瓦格博头顶时，气温骤然下降，赶忙回到江措家烤火，准备吃晚饭。晚饭是野蘑菇炒腊肉，还有鸡蛋汤。来甲兴，可以选择住村民家，一人一天连吃带住100元，也可以在小牧场上扎营，但我喜欢住村民家，这样可以有更多机会与当地居民交流。

烤烤火，暖和些，出门看星空，相距200多光年的M31仙女座星系随北天银河从措格腊卡上升起，逐渐向南飘去。忘不了2013年深秋的夜里，在卡瓦格博东面的飞来寺，也曾在夜空下看着它，与它在一起……

▲最后一束夕阳照耀下的卡瓦格博

**转山者大多清晨就已经走过这里，因为到了中午，炙热的阳光会将这一带干热谷地瞬间变成火炉，温度直线上升，白色齑粉状的道路宛如一条巨大的、不见头尾的白蛇，晃得让人必须戴上太阳镜。汗水几乎连留下来的机会都没有就消失了，随着阳光与燥热的空气蒸发了。**

# 尘土飞扬的察左路

一早起来，天气很凉，到处是冰霜。AE86 与同伴来和江措告别，再确定一下直接翻越海拔 5000 米的垭口去梅里北坡的道路。这时，昨日说要花 1000 元请村民背包的大姐追上来。她说跟 AE86 约好一起走，但他们竟然没等她，自己要先走了。所以，她让雇好的村民回家，要搭我的车走。

我当下拒绝。既然前一天跟村民约好了，就应该履行约定。做人做事，还是应该有点契约精神。其实她就没打算和 AE86 他们徒步出去，想搭车。

出门溜达了一圈，返回江措家里，她依旧在门口等，说此时如果不搭她，她也没有能力离开甲兴。于是说，没必要给我解释，如果那位被她放鸽子的村民依旧不满，就必须给人家违约金我才搭她。如果人家说算了，我就直接

▲由茶马古道拓宽而成的察左路干热、险峻

搭她到堂堆拉垭口，之后要么自己搭车去察瓦龙，要么自己走去察瓦龙。

善良的村民虽不高兴，但没要违约金，大姐则同我们一起离开甲兴。路上，大姐说她从丙中洛到察瓦龙时也搭过车，还给了司机 100 元。从丙中洛到察瓦龙，沿着怒江峡谷的艰难险路，给 100 元不过是个表示而已。

没一会儿，得知我们去来得桥的大姐又说要随我们去来得桥，我断然拒绝，要是到了来得桥，她还会说想同我们翻说拉垭口，这样就能轻松到达梅里水，再轻松地到达飞来寺。现在到处蹭吃、蹭喝、蹭车的人太多。

再次回到能远眺甲兴的垭口，卡瓦格博在强烈的阳光下有些晃眼，村子也不是很清晰，经幡在强风下簌簌舞动，像是与甲兴告别。我靠在车座与车门间稍事休息，感觉有些累。昨夜看星空，没有睡多久，加上已经走了 6 天，多少还是有些疲惫。下降数百米海拔之后，天晴了，山腰的迷雾逐渐散去，

▲在峡谷间蜿蜒前行的察左路

◀从前往甲兴的道路俯瞰玉曲河畔的扎然村

阳光在峡谷间游荡。一处转角，透过树林向山下看，阳光刚好掉在扎然村周围，光线沿着山脊向村子移动，照亮明黄与翠绿掺杂的树丛，照亮已经收割过，但依旧还有些绿色的农田，还有那些已经开始使用彩钢板做屋顶的村子。

刚出堂堆拉垭口，竟然遇到在察瓦龙休整，等我们从甲兴出来的大表哥。大姐见我和大表哥又拥抱又寒暄，知道必然是熟人，立刻来了精神，问能否和骡队一起走。我当下拒绝，说骡队要去翻越达古拉垭口和说拉垭口，她不可能跟上人家的速度。同时也告诉大表哥，我和她并不认识，只是把她从甲兴带出来。大姐只好自己背着包下垭口，往察瓦龙方向。临走前，她还是对我能带她出甲兴表示感谢。

堂堆拉垭口路边，几位建筑工人正在搭建房屋，估计基建工程完工后，从这里前往梅里西坡该收费了。转山者大多清晨就已经走过这里，因为到了中午，炙热的阳光就将这一带干热谷地瞬间变成火炉，温度直线上升，白色齑粉状的道路宛如一条巨大的、不见头尾的白蛇，晃得让人必须戴上太阳镜，想必藏区人得白内障的比例高也与此相关吧。此时倒不用担心前几天那样总是一身汗。汗水几乎连留下来的机会都没有，就随着阳光与燥热的空气蒸发了。

察左路是通往左贡的，从察瓦龙到左贡，二百来公里，再快也得一整天。这条犹如白蛇的道路在山谷间蜿蜒向前，它旁边还有一条“青蛇”相伴，那是峡谷底端的玉曲河。河如其名，虽不大，宽处十几米窄处不过几米，但犹如透彻的青玉，在峡谷间萦绕盘旋，奔向大山另一侧的怒江。在丙察察之路的一座桥头，玉曲河的清澈之水与浑厚的怒江融合，一个柔美秀丽，一个狂野不羁，交融一体，继续奔流向前。

察左路是在玉曲上方的崖壁上开凿而成，多数路段险而窄，和丙中洛到察瓦龙那段沿着怒江的道路相同又不同，不同的是气候特征，前一半是在绿树相伴下行走，后一半则成了干热河谷；相同的是两段路都在峭壁之上，路窄，会车困难，一旦失误跌下悬崖基本就不用考虑活着上来。

察左路这段的山石风化非常严重，阳光和风配合着，经过千百年努力，

◀察左路和玉曲河宛如白蛇与青蛇，缠绕于山谷之间

◀在雪山下寻找电话信号的转山者

将岩石化为齑粉，然后飘落。路是这几年拓宽的，以前是茶马古道，宽不足1米，有些地方路面还因为雨水而缺失，用木棍和岩石补充加固。如果遇到下雨，道路泥泞，极易打滑。要是碰到刮风，路面上的尘土极易迷住人的眼睛，刚出的汗与灰尘混合，迅速干巴，让人的衣服变成“盔甲”。

道路拓宽后，有的转山者开始选择摩托车或营运小面，但在这般道路上飞驰，乘车人也得有过硬的心理素质。搭小面得关上窗户，哪怕车里再闷热。坐摩托可没辙，灰头土脸自然是躲不掉的。

午后一点多，到了一天中最炎热的时候，我们来到一个道路从中间穿过的小村子，全村就几户人家。路边有一个小商店，还有间屋子，里面可以吃饭。我们只是一人要了一个桶面，在凉快的屋内泡碗面，发发呆。桶面是转山者除了糌粑以外主要的伙食，只是越来越多的方便面桶和塑料袋成了麻烦。

十多年来，阿青布一直致力于梅里雪山外传线路上的垃圾处理，从十年前放置竹编筐，到现在的轮胎钢丝筐。阿青布定做了几百个，再一路用骡子拖着，翻过多克拉、翻过辛康拉，挨个放在转山道路两边，有人聚集的地方多放。有茶棚的地方会有店主把垃圾筐放到自己的营地里，阿青布也不说什么，毕竟都是为装垃圾用的。过不了俩月，很多垃圾筐的垃圾就满了，阿青布和骡队转山时再想办法清理，一来给沿途村民灌输环保理念，让大家就近燃烧填埋处理，二来也会将靠近村庄、道路的垃圾带出去，统一清理。除此之外，有的茶棚主人也意识到垃圾带来的问题，就把转山者剩下的方便面桶挨个扣在一起，一摞一摞，制成一堵墙——方便面桶墙。

前方，出现了一个较大的村子——格布，阿青布和大表哥去商店里买酥油，他们说这里的酥油是当地产的，地道。此时天上出现层薄云，但是炎热依旧，我也脱掉冲锋衣，风一吹，有些凉意。几只纯种“奔跑鸡”从跟前跑过，张杰来了精神：

“老白，你知道今晚住哪儿吗？”

“不是这村子，还早，听阿青布说是还要往上十来公里的一处茶棚，天黑前一定能到。”

“那你说，我们是不是可以带只鸡上山，我们买啊！”

张杰一脸美滋滋的笑容，吧咂着嘴，仿佛鸡肉快到嘴了，不知是炖鸡汤还是黄焖鸡。

**夜里，风卷着尘土肆无忌惮地穿过只有 1 米高栅栏的棚店，烧开水，泡茶，用便携音箱听着音乐，从《朝圣之路》《喜马拉雅》，到《山丘》《This Is What It Feels Like》，大家感叹，此时就差 WIFI 了……**

## 夜宿马店

从格布上山，沿着九曲十八弯的小路，逐渐爬升。我们越高，太阳越低，渐渐地接近了玉曲河对岸的山脊，天终于凉快些了。过了一处岔道，继续向上，发现有些转山者并没有跟过来，而是沿着察左线继续前行。阿青布说，西藏、青海、四川、甘肃等地的藏族大多从这里开始不再走传统转山路线，不翻越前面的达古拉垭口和说拉垭口，而是直接沿着玉曲走左贡回西藏。也就是说，从这里开始，翻越最后两座垭口的基本就剩下云南的转山者，路上会清静许多。而相比最后的说拉垭口，前面的枫林大道与各个"通"之间的小路，轻松得像郊游。此时，想起在西坡时远眺即将面对的说拉垭口，就像一堵墙，一堵海拔 4815 米高的赭色巨墙。那是最艰难的一段

▲离开察左线，前往布日归归营地的转山路

转山之路，在转山者经历了六日艰辛旅程后，面对的最艰险的垭口。翻过说拉垭口，就又从西藏进入云南，虽然道路最艰险，但卡瓦格博把最艰难的道路与最美好的祝福一并留给了跨越这里的人。

风逐渐大起来，搅动着低矮的灌木，一阵阵簌簌之声。两头骡子明显开始疲惫，时不时停下休息。大表哥也没有催促它们，倒是活力十足的张杰奔跑着，赶着骡子们前行。

张杰是正经户外导游，身体素质杠杠的，但他说在我们第一次见面分开后，他与两位康巴汉子翻多克拉垭口时也几尽崩溃。两位康巴汉子原本要连夜翻山，但估计是怕张杰太累，有意让家人先走，他们陪张杰。三个人天不亮就出发，开始还好，可在多克拉冲垭口时，背着七十升背囊的张杰实在顶不住，大声嚷嚷着不走了，好心的康巴汉子说替他背，但这位三十出头血气方刚的户外人士哪能干，连喊带叫满嗓子哭腔地往前挪。休息时，两位康巴汉子又掏出那块牛肋骨削着给他吃，他倒不客气，风卷残云几乎吃光，再后来才知道，人家一路就那么一块肉，平时根本舍不得吃。

再后来，张杰在微信上说起这事依旧内心泛着波澜——“那两位康巴汉子真善良，一直帮着我，我怎么就把人家的牛肉吃光了……希望有机会再见，请人家吃大餐……”

终于，天黑前，我们到了当天休息地，海拔 3000 米山梁上的一处平地，叫“布日归归”，意思是栎树营地。这里不大，也就百十平方米，还分上、中、下三层。下层有一个小商店，刚好在风口上，呼呼的大风从木板间的缝隙钻进钻出，门上着锁。中层有一处棚店，整个就一马店，有顶，但没围墙，而是一排一米来高的木栅栏。扶着栅栏往里看，是两排大通铺——地铺，上面堆放着被褥，用塑料布盖着。旁边还有个小棚子，柱子已经倾斜，地面有一些干草，原是一个小商店，下层平台建了更大的商店后，这里就废弃了。我和张杰决定当晚在这里扎帐篷。此时，听到上层那间屋里发出砍柴的声音，是伙房，估摸着店主人在里面。

走进伙房，里面有两位年轻人，一位穿着土黄色套头衫的男人在劈柴，挂着念珠；另一位在准备酥油茶，红衣，戴着户外线帽，瘦高身材。二人不像是当地人，也不同于别的转山者。一打听，的确是转山的，问店主人在哪里，黄衣哥指着篝火边取暖的一只黑猫说：“它就是。”

黄衣哥和红衣哥来自川西道孚县，他俩是完全按照传统的转山路线走的，只徒步、不搭车。

黄衣哥和红衣哥在伙房里准备晚饭，阿青布则回到棚子边喂骡子，这处落脚点在半山腰，过去没有水，一年前，主人在旁边做了个储水窖，但水不多，大家得节省着用。阿青布先是拿过两个饭兜，各装了两碗玉米和青稞混合的“重磅粮”，挂在骡子嘴边让它们吃，然后找来一个盆子，装满水，又倒进一些玉米面，搅和搅和让它俩当饭后汤。这一带的山坡到了秋季没有草，只剩下干查查的灌木，而前方就是达古拉垭口，需要让骡子多吃些“重磅粮”，保持体力。

坐在旁边的木条上看阿青布喂骡子，突然觉得有什么碰了我一下，虽然戴着手套，依旧能感觉到。低头看，店主人那只黑猫不知什么时候溜达到我身边坐着，腻着耍赖，想要吃的。我打开背包，拿出两块小面包一个自己吃，一个给了它。

仔细打量这伙房，是一个除了顶还有三面木板墙的房子，搭在一块大岩石上，省了一面墙，还结实。火塘就在岩石下面，上方留了个出烟孔。火塘不知建了多久了，岩石上已是很厚的一片黑色。大表哥在用一个没了把手的高压锅做米饭，还有尖椒炒牛肉，红衣哥则煮着挂面，他们尽可能少地携带物资，一路随时补充。此时，黑猫也悄无声息地溜达进来，闻到肉味儿的它伺机想弄一口。这时，“突突突”的摩托车声音由远及近，店主人来了。主人是个二十多岁的年轻人，家住甲兴村，叫尼玛，太阳的意思。快到冬季，从这里翻达古拉、说拉垭口的人很少，主人跑到山下的村子里待着，留下黑猫看店。

尼玛认识阿青布，听说我和张杰决定扎帐篷，不用他的被褥，便不收我们俩每人 30 元的住宿费。在这里，住店的人只收 30 元住宿费，除此之外，都是免费的。拿到其他四个人一共 120 元，在商店里放下带上山的一箱方便面，尼玛随着“突突突”的摩托车声逐渐远去。

“老板走了，我们现在就是老板啦！再上来的，每人 30！”

抱了一块木头走进伙房的黄衣哥开着玩笑，继续劈柴，多劈些，后面来的人就能省些力气，继续用。

暮光低沉，玉曲峡谷对面的雪山逐渐隐没在黑暗之中。此刻我才知道，那就是木孔雪山——卡瓦格博的西方守护神“扎拉森钦”。晚饭后，我和张杰扎起帐篷，一个黄色、一个蓝色，为光秃秃的山坡点缀着一抹艳丽。这种色彩天空并不缺少，虽然云层还厚，但落下山脊的太阳努力将最后一缕夕阳抛了过来，带来一片晚霞，淡紫色的。

◀格布营地的围墙只是一米来高的栅栏

▼在营地里扎帐篷过夜

◀营地主人——尼玛

大表哥去赶骡子，做饭时把它俩放在山坡上自己找能啃得动的灌木枝条。棚店里，我与阿青布、张杰、黄衣哥、红衣哥一起聊着天，张杰拿出气炉、水锅，我拿出茶壶、茶具。打开电脑，里面存着一年前路过黄衣哥和红衣哥家乡的照片和视频，看到这些，两人也颇感亲切。

夜里，风卷着尘土肆无忌惮地穿过只有一米高栅栏的棚店，烧开水，泡茶，刚好有六只杯子。用便携音箱听着音乐，从《朝圣之路》《喜马拉雅》，到《山丘》《This Is What It Feels Like》，大家感叹，此时就差 WIFI 了……

约莫半小时，大表哥还没回来，阿青布有些担心，出门去找。又过了半小时，还没回来，于是大家分头去找，这荒山野岭的，也不知会在什么方向，总之，走一刻钟后必须回来。我和张杰沿下山路前行，没走出一里地就碰到迎面回来的阿青布，骡子都找到了，两个家伙找吃的，但可能是可吃的东西太少，结果就一路下山，到了察左路岔口才被路边商店主人拦住，他们知道骡子是阿青布和大表哥的，下午上山时看到了。

又过了片刻，听到清脆的铃声在漆黑的夜里传来，大表哥赶着它俩回来了，虚惊一场，没事就好。这次大表哥在小路上堆了些干树枝，这样骡子就不会顺着路瞎跑了。

该歇了，第二天还有三十多公里路途，沿着玉曲翻越达古拉垭口，下到来得桥再爬上来得村。没多久，张杰的帐篷里传来呼噜声，不是很大，更多的是风穿过棚屋，抓着帐篷摇晃的声音。睡不着，走出帐篷，月亮还没从东侧山脊爬上来，云已被风吹散，猎户座挂在玉曲河谷的上空，慢慢的，由东南向西，在扎拉森钦上空。

> 阳光落下来，让这个经幡隧道光影闪烁，像是时空转换的“虫洞”。有没有机会通过“虫洞”穿越玉曲河谷，直抵说拉垭口之下？找了块较平坦的石头坐下，阳光透过经幡照在身上。

## 翻越达古拉

大风晃动着帐篷，发出“噗噜噗噜”的声响，我醒了。拉开帐篷拉链，外面是青灰色的天，浓密的乌云再次铺满天空，风，把云吹散，风，也把云带来。

周围一片寂静，黄衣哥与红衣哥已先行出发，这一夜就我们六个人和两头骡子在这片营地，还有那只黑猫，黄衣哥也没当成老板。喝了一碗酥油茶，吃两块大面饼，更重要的是烧了些开水灌进水壶里，准备出发。感觉气温开始冷了，寒气十足，离玉曲河谷越高越冷。

天还阴暗、青灰着，我和阿青布、张杰出发了，大表哥收尾，然后赶着骡子追我们。两头骡子后来没再闹什么“幺蛾子”，一整夜老老实实在附近山坡上待着。开始的路很平坦，堪比第一天的枫林大道，一段段秋末景致，

▶达古拉垭口色彩浓郁的红叶与松萝

让人脑袋里浮现出过去常听的一首钢琴曲——《秋日的私语》，那是曾经风靡一时的法国钢琴家理查德·克莱德曼演奏的曲子。十年前，理查德·克莱德曼来北京演出，在北海公园见到这位曾经的金发帅哥，顿时感叹那段名言绝句的到位——“岁月是把杀猪刀！”这把刀很锋利，我要赶快抓住自己青春的小尾巴。

浓雾在松林间飘过，由远及近，由近渐远，逐渐露出身后数公里外的山谷，但看不到山谷最下方的玉曲河，那是我们头一天走过的地方，现在已经越来越远。出现在这条古老转山路的转山者很少，林间小路也比之前的枫林大道安静了许多，除了枝头回荡的小鸟叫声，就只有我们走路发出的声响。因为来这里的人少，加之有些垃圾筐放得过于近，新摆放的钢丝垃圾筐多数没装什么垃圾。见此，阿青布背起一个垃圾筐往山上走，尽可能把垃圾筐之间距离拉开一些，然后用登山杖去扎那些挂在树林间的塑料袋。他的左腿明显有些打颤，毕竟里面还有一块钢板，还断了。有块宣传牌掉在地上，阿青布捡起来，在位置略高些的树上找了个合适位置挂起来。宣传牌上用藏、汉双语写着——“举手做环保，世界更美好。”这条路上，环保，是每个人的举手之劳。

从海拔3000米的营地逐渐向上，道路两边的色彩也在逐步增加，几乎是每升高200米就有不同的变化。越过松林向上，走进一片半透明状的树林，因为树上挂满松萝，像是暗色林木间挂起透明的帷帐，实际上，这些松萝已经干枯，只是在柔和逆光的映衬下，更显得松软、舒适。地面铺满已经腐败的落叶，偶尔伴有刚落下不久，较新鲜的叶子，上面沾满冰霜。此处山林与刚才明显不同，只是转过一个山坳，提升了二三百米，空气就不再干燥，闻着都能感觉到那份细腻的湿润。此时，感觉到身上更冷，因为出汗，空气又不再干燥，衣服上也已结满冰霜。

拐过山坳，一处茶棚客栈出现在眼前，伙房很简陋，也很陈旧，但居住用的木屋是新搭的，用了不少较粗的松树干，结实，不透风，比我们住的马店强很多。由于是在山坡背阴面，棚屋、树林、小路都显现出一种冷色调，屋后的山坡上，有一排松针泛黄的松树，逆光下，松针间的冰晶越发显得晶莹剔透。

在伙房里烤火休息，体温没有上升的迹象，我开始哆嗦。张杰坐在门口，依旧大嗓门地讲着他的开心事，冷凝的体温像一缕缕“白烟”，从他裹着蓝色抓绒衣的后背上升起，就像香港武侠片里正在“排毒”的大侠。阿青布说这会儿还是吃份泡面，哪怕不饿，也能补充些热量。由于秋冬时节翻越达古拉的转山者很少，这里一天到晚不会有多少转山者经过，但泡面依旧5元一桶，价格公道。此时，女主人说，头一夜有个汉族女孩儿在这里过夜，重庆的。

迈着有些发虚的脚步，继续向着达古拉前行，可能是气温突变，干湿转换太快，加之头一晚在马店并没休息好，坐在土坡上看了两小时星星，觉得体力有些透支。可不管怎样，还是要继续向前，先不想被阿青布提及多次的说拉垭口，达古拉和那几公里的下山石阶路就是眼前的一道坎。

阿青布在伙房就感觉到我状态不如前，此时他也放慢脚步，让张杰独自在前面飙速度。张杰有些像之前一起走的扎西，健壮、活泛、爱聊天，随时

▲穿过经幡隧道般的达古拉垭口

散发着无限动力，在光影交错的林间高喊着一通跑，然后又回头等着我们逐渐跟上。

终于，面前开始出现经幡，横挂在小路两边的枝头，越往前越密，到了垭口，干脆是钻进一条经幡隧道，弯腰前行。阳光落下来，让这个经幡隧道光影闪烁，像是时空转换的“虫洞”。往前，有没有机会通过“虫洞”穿越玉曲河谷，直抵说拉垭口之下？找了块较平坦的石头坐下，一句话都没有，阳光透过经幡照在身上，略微有了一丝回暖。

“丁零、丁零、丁零……”

大表哥也赶着骡子，猫腰穿过“经幡隧道”来到达古拉垭口，骡子忽闪着一寸长的眼睫毛看着我，时不时呼出粗气，转化为“经幡隧道”中的一股白烟，随后消散。

▲达古拉垭口的下山路

▲翻越达古拉 垭口的下山石阶

该下山了，接着是阿青布最担心的几公里陡峭的石阶路，虽然是下坡相对省力，但也是对膝盖最强烈的摧残，这对于我的右膝和阿青布打着钢板的左小腿，都是极大的考验。阿青布将护膝取出，隔着冲锋裤包裹自己的膝盖，张杰则直接脱掉了裤子绑护膝。我不用多费劲，护膝在马店里就绑好了。

下山路一开始还好，湿润的泥土中有些碎石，上面铺满柔软的落叶，道路两旁是遮天蔽日的大杜鹃。我在想，来年得春夏之交来，到了这里，会是在粉红色的杜鹃隧道中前行，伴随着枝头的松萝帷帐，多梦幻啊！阿青布说，达古拉就是杜鹃花之意，因为这里有着数十平方公里的大杜鹃林。

刚惬意二里地，石阶路就出现在眼前，一块块大小不等的石头歪扭地摆放在迅速下切的小路上，很滑，要用登山杖下探找到稳定位置支撑，再逐个把腿放下来，还要小心避开那些更滑溜的树根，要是不小心打滑，极易伤到脚踝或膝盖。逐渐熟悉了这段石阶之路，我开始蹦跳着下行，尽可能把重力压在登山杖上，但此时也要极度小心不能出差错。石阶路，是转山者们数百

▲从达古拉垭口至玉曲河的最后一段陡峭山崖小路

年来边走边修的修路与转山一样，都是在修行，阿青布在这条路上收拾垃圾也一样，是在修行，我略不同，是在修心。

出了杜鹃林，来到阔叶林带。几分钟后，跨过一条小溪，前面是黄衣哥和红衣哥，他们早半小时从马店出发，我们已追上了。此时，看着身边变换的山林和溪水，就像电影《指环王》中那些护戒使者行进在随时可能出现半兽人的森林里。不过，我们此时不用担心半兽人的出现，这里是精灵之界。

到达一片转山者常用的林间空地休息。这里是被精心收拾出来的，很平坦，完全能供百十号人休息过夜。我们停下来歇脚，再吃些东西，先期到达的大表哥也已将骡子放在山坡上吃草。这里已从海拔 4100 米的达古拉垭口下降了 1000 米左右，和昨晚的马店海拔高度差不多，但锋面雨带来的湿润空气让山这边的植被远好于马店那边。嚼了两口随身带的小面包，打开水壶喝了小半壶热水，再缓缓。阿青布的左腿有些拐，估计是走那段石阶路造成的，但他依旧不闲着，在空地上与悬崖边捡那些被随手丢弃的塑料水瓶和食品包装袋。这里建有一个垃圾站。

顺着小路继续向前，再次将黄衣哥和红衣哥甩在身后，他俩不是走不快，而是在按自己的节奏走。就像生活在城市中，很多人会被身边不同的节奏影响，但有的人会保持自己的节奏，过属于自己的生活，我在尽最大努力做着后者。沿着路边的小溪向山下走，溪水的潺潺声也逐步改变节奏，直到耳中被轰鸣声覆盖，我们即将抵达玉曲河谷的底端。

从头一天的格布村到现在，一整天时间，我们翻越一座海拔 4100 米的大山，而透着青绿色的玉曲，则围绕着这座大山，写下一个大大的“C”。张杰腿生“风火轮”，沿着半米宽的碎石路向下冲，脚下带起一串串尘土，飘荡在空中一时无法散去。我跟随着阿青布保持下山节奏，保护膝盖要紧。足有一个多小时路程，只听到玉曲奔流的水声，却无法看到它。穿出森林，脚下又是碎石与齑粉的尘土，伴随着玉曲的轰鸣，发现前方是一座断崖，在山梁上连续斜切十多公里的小路至此中断，以快速的“之”字回转直奔山崖之下。坡度很陡，脚下的碎石哗啦啦地坠入谷底，就像个“夺命追魂坡”。但我们此时却开始兴奋，来得桥就在谷底，只有不到半小时路程。

来得桥，海拔 2500 米左右，现在用的是一座钢构工兵桥，老桥在上游一百多米远的地方，基本已被废弃，两头被封住，但桥上飘扬的经幡与风马旗依旧讲述着这座桥曾经的历史，那是转山路上的标志之一。这是一整天来离玉曲最近的时刻。趴在桥栏上，看着下方的蓝绿色发呆，水流的声音像奏响的音乐。

来得桥因桥头的来得寺得名，是转山道路上的重要节点。后来，这里逐渐发展成了一个村子，有不少二层小楼，正经的旅店与商店、餐厅一应俱全。随着交通条件的改善，很多转山者都开始从察瓦龙搭车来到这里，再租摩托车上到来得村，或者直接到说拉垭口下方。更有云南以外的转山者干脆不再上山，而是搭车直接沿着大路走左贡，回家。转山的传统虽然在，但已经逐步被现代的交通工具取代。

来得桥是西藏左贡县地界，从一个县进入另一个县需要登记，桥头负责登记的女警很友好，问我和张杰身体状况如何，有没有什么困难需要帮助。登记完毕，我拖着双腿来到一家商店窗台处坐下——“来瓶可乐！”

此时已是下午 3 点半，我们用八个小时走了二十多公里，从海拔 3000 米的布日归归营地到海拔 4100 的达古拉垭口，又一路下坡到海拔 2500 米的来得桥。可当天的行程还没有结束，阿青布说当晚还要上坡，再爬升 500 米，有四五公里，要走近两个小时到只有几户人家的来得村。来得桥这里的吃住条件都比山上的来得村好，而且物价也相对便宜，但我们第二天要冲说拉垭口，此时还不到下午 4 点，天黑前怎么也能到来得村，这样第二天冲垭口的时间与体能都更充裕。虽然此时我体能掉得很厉害，但只能继续上山，鼓着劲继续，把步子迈大。

**已到一处山梁拐角处的张杰回身看着远方，高声唱着李宗盛的《山丘》。回身看，我们大半天的行程就是翻越一座巨大的山丘。**

## “骡子”与“野妞”

“越过山丘……才发现无人等候……”

已到一处山梁拐角处的张杰回身看着远方，高声唱着李宗盛的《山丘》。回身看，我们大半天的行程就是翻越一座巨大的山丘。

走了约半小时，我又落在最后，低着头不想说话。大表哥赶着骡子在前，张杰紧随，阿青布在后面陪着我缓步前行。

“太好了！有人了！不用绕回去找别的路了！”

突然听到前面传来一姑娘的声音。抬头看了一眼，在两头骡子前面，有个圆乎脸儿，背着大背包的背包客，正冲我们走过来。

“这不就是我前面给你说过，在察瓦龙碰到的那个‘野妞’嘛！一个人背包徒步转山的！当时让她一起等你一天，她不干，说是得尽快走，有缘嗨，又碰上了！”

张杰也很高兴，缘分这东西说不清，察瓦龙偶遇，连名字都不知道，这过了三天，又遇见了。

“后面那个是从北京来的吧，怎么走不动了。”

我很疑惑，她怎么知道我从北京来，此时，“野妞”也已走到我们面前，话还没停。

“前面小路有一段滑坡体，我自己一人没敢走，这地方要是掉下去了，都没个人知道，只好回头找别的路，看到你们，还赶着骡子，立马踏实！”

遗憾又很悲催的是，她压根没注意到张杰，因为让她更激动的是看到了赶骡子的大表哥，知道自己不用回头绕大弯路了。

一分钟后，更悲催的事发生了……

“我在察瓦龙也见到一个背包的，他说让我一起等个转山第一天遇到的人，一起去甲兴，但我要一直徒步，怕耽误时间就先走了。他说他等的人在北京工作，还有梅里当地的朋友，雇了两头骡子，应该就是你们吧。”

“给你说这话的背包哥们儿不就是他嘛，这半天都没认出来，人家得多郁闷呀。”

我指了指旁边不知说什么好的张杰。

“哎哟喂！缘分呐！又见面了，眼花，刚才没注意，你别往心里去啊！话说在察瓦龙没觉得你有这么帅呀，所以一下没敢认。”

此时，“野妞”一脸的笑搅拌着无尽的赞誉堆给张杰，就像藏区最纯净的牦牛酸奶，又加了一大把糖，用来安抚他受伤的心。

“看你也挺年轻的，这体能不行呀！快走、快走！”

“野妞”把矛头对准了我，一来是她本就是个活泛的姑娘，二来估计也是很多天一个人闷头走，闷过头了。

“你身体可以呀，走得比这两头骡子都快，你叫什么？”

“粽子。”

张杰网名叫“粽子”。

“‘粽子’多没劲！就叫‘骡子’吧，贴切。”

“‘骡子’?!我也觉得这个名字更适合。”

说话间就回到了让“野妞”折返下山的滑坡带，有十几米宽，透过灌木丛再往下看，滑坡带越来越宽，到山脚下足有一百多米，要是一个人走着不慎滑落，确实没人能一下看到。五个人、两头骡子，过这十多米宽的滑坡带就不是什么问题，逐个顺利通过。当我过了滑坡带，“野妞”已到前方左切大拐角，黄昏中，一个剪影挥动着手中的登山杖，回身给我加油，见此，我停下脚步举起相机，推长焦，抓了一张。

“你是不是看我大长腿好看。”

“野妞”又是堆着一脸笑地打趣。

“大长腿我见过，必然不是你这样的，但真心说，这么有自信的姑娘我还是头一次见，真的。”

“野妞”听了也不生气，照样嘻嘻哈哈。我很佩服“野妞”，独自一人前行，这需要有很好的身体和坚韧的精神，一个人面对危险、享受孤独，一个勇气十足的“野妞”。

再往前绕过几个弯角，终于看到来得村的第一栋房子，在远处的山崖边，周围映衬着秋天的色彩。前方来了两辆摩托车，是往来来得桥与来得村之间拉转山者的，有的人走到来得桥就选择搭摩托车到来得村过夜，节省体力。

为了让摩托车，我们顺势靠在左侧山崖上休息。“野妞”八天前自己一个人背着大包独自开始转山，路上尽可能简单，不多花钱。在察瓦龙听张杰说甲兴，其实她也想去，但多住一天就要多花百十块钱吃住，再说去甲兴因为时间问题要租车，她也不想蹭别人的车，干脆不去。

此刻，虽然能看到来得村，但上山的道路依旧漫长，就像之前走雨崩，从下雨崩到上雨崩，眼瞅着就在前面，可怎么走也走不到，快崩溃了。

◀大家鱼贯而行通过碎石滑坡带

◀走在陡峭山崖小路上的“野妞”

体能即将耗尽，终于到了村子里，整个村子不过就几户人家，村边一块空地上，有个塑料棚的营地，大表哥已经开始给我们准备晚饭，伙房里还有一位黑衣汉族背包客，没有答话，但应该是个有故事的人。

来得村在山坳之中，四面都是山，天黑得也快。几拨转山者在伙房里各自准备着晚饭，其中一拨点的餐，店主人管做饭。大锅饭，一口直径1米的大铁锅。我们依旧是大表哥准备晚饭，有米饭、排骨汤，还有青椒炒菜花，对于这样的环境条件来说，足够丰盛。我邀请“骡子”和“野妞”一起吃饭，“骡子”已是老朋友，“野妞”看着米饭、炒菜、排骨汤，露出有些不好意思的微笑。八天来，她基本就是吃带的干粮，有时泡碗方便面，这顿晚餐的丰盛程度是前八天没法想象的。“骡子”和“野妞”说要交伙食费，我说先算算价，到了飞来寺一并交。其实，我也就是说说。“野妞”说打算第二天凌晨4点就出发，自己一个人去冲说拉垭口，但阿青布不赞同。上说拉垭口前一定要休息好，那是转山路上最高的地方，坡度大，这个季节已经开始下雪，独自一人太危险。

虽然歇了一个多小时，又吃过丰盛的晚饭，但依旧疲惫，溜达到小商店想买瓶饮料，什么都行，但商店断货，只好买了瓶矿泉水。回到伙房烤火，“骡子”见我精神依旧很差，就从背包里翻出一个小瓶子，取出一片维生素泡腾片递给我，把泡腾片放进矿泉水瓶，晃了晃，水变成了粉色。“野妞”见我喝的水有颜色，转头对“骡子”说她也要，放了一片在水瓶里晃，然后仰脖喝了一口，说不甜，还要一片。张杰说那是补充维生素的，不能太浓，结果得到的答复是：“我喜欢甜一些！”

来到棚屋，里面别有洞天，竟然有隔间。两排大通铺分隔成十来个小隔间，被大家戏称为“包间”，包间之间的柱子上还有个插线板，能给大家的手机和充电宝充电，一堆手机摆在那里，你也不必担心谁偷拿自己的手机。

阿青布和大表哥选了靠充电插线板的“双人间”，我和“骡子”“野妞”在旁边的“三人间”，此时也就晚上8点，还无睡意，大家坐在通铺边上聊

▲走在转山路上的“骡子”与“野妞”

天，聊一路的所见所想。“野妞”拿着我的手机看照片，感叹怎么没早些遇见，那样自己就能留下更多的照片。

阿青布说伙房里还有些热水，最好去泡泡脚，我也正有此意，溜达到伙房门口找了个铁皮砸出的盆子，舀了两口热水泡脚。

夜色中，有两个身影从客栈边的小路上经过，是瘦头陀和红衣哥，他们还要往前走一些，去村子里的另一个客栈，那里更靠前一些。回到棚屋，还没进门就见“野妞”飞快地跑出来，直奔棚屋后的灌木丛，“骡子”说“野妞”闹肚子，不知是两片泡腾片太浓，还是长时间没正经吃饭，一下接受不了今晚的米饭和肉。

十来分钟后，“野妞”叹着气回到铺上，拉开被子。我和“骡子”都是用自己的睡袋，阿青布和大表哥也是，因为这一路棚店的被子一般不干净，里面藏着些跳蚤也不足为怪，可“野妞”不在乎，怎么方便怎么来。

没多一会儿，“野妞”又拿起一包面巾纸跑了出去，我和“骡子”说，这状况不对，明天可咋办。当“野妞”再次耷拉着头回到铺上时，我给了她四粒诺氟沙星，黄连素之类的消炎药对她已经不起作用了，必须强效的。

凌晨4点，“野妞”再次拖着自己瘫软的身体爬上大通铺，终于有气无力地睡下了。

**两天前在西坡，我们曾远眺过这座海拔 4815 米的赭红色垭口，还有前往垭口的那条小路，想着一天内要徒步近 40 公里，先爬升 1800 多米海拔，再下降 2700 多米海拔，当时就感叹，这绝对是一段暴虐的行程。**

# 最大落差的爬升

天亮了，还是有些阴沉，阳光偶尔能从云缝中掉下来，照亮村子中的树林、草地。将睡袋装好，检查物品是否有遗漏。

“野妞”依旧耷拉着脑袋，没了头一天的欢实，“骡子”把她的相机和部分装备塞进自己背包里，最少 3 公斤。不管昨晚问题是不是泡腾片造成的，的确对“野妞”要负责，一起走到这里，一起继续前行。平时多背两三公斤东西无所谓，但这将会是暴虐的一天，危险最大的一天，一切源自梅里外转中最艰险的地方——说拉垭口。两天前在西坡，我们曾远眺过这座海拔 4815 米的赭红色垭口，还有前往垭口的那条小路，想着一天内要徒步近 40 公里，先爬升 1800 多米海拔，再下降 2700 多米海拔，当时就感叹，这绝对

▲从梅求补功前往说拉垭口

是一段暴虐的行程。

阿青布对富有激情的“骡子”说，说拉垭口是妖魔之地，不管是神是魔，都该敬畏，不能大声喊叫，否则有可能随之而来的就是大雨或暴雪，道路极其难行。那一刻，我想到了《指环王》里索伦那座末日火山。我觉得“说拉”和《指环王》中的“索伦”发音还挺像，一个是小说中魔界之王，一个是转山之路上的妖魔之地。

天大亮了，“野妞”半天没出来，她似乎也不想吃早饭，不管味道怎样，我还是吃了些粥和饼。在这条路上，特别是逐渐接近终点，体能消耗严重的时候，保持摄入足够的热量非常重要。头晚见到的黑衣哥们儿在自己准备着早饭，简单聊了两句，他叫王瀚，广西人，吃罢独自先走。

“野妞”终于拖着沉重的双腿来到伙房，喝了碗粥。大背包里的防潮垫等物品已在“骡子”身上，但背包依旧鼓鼓囊囊，感觉她不大可能背着坚持前行。打开背包，里面还有个小背包，我拿出小背包，里面是方便面等随身带的食物，也足有两三公斤，这丫头，为了节省开支，一路都是自己背着给养，因为路上卖得贵。

“这小背包你别背了，我给你安排。”

“可是，‘骡子’已经帮我背了一些了，不能让他再增加负重，太累了。”

“没事，让真骡子帮忙。”

拿过小背包，我走到正在打包装物资的大表哥面前，问他能否把这个小背包放到已经空了一半的竹筐里。大表哥爽快答应，说等会儿一起装好，让我们放心先走。

出了村，没走出一里地，“野妞”已喘着粗气时不时停下来休息，我和阿青布先行，“骡子”则放慢脚步陪着“野妞”缓步向前。阳光在身后的山坡上逐渐下行，我们则开始步入面前的森林，过了缓坡，开始在坡面上沿“之”字形小道上行，双腿一下感觉变得吃力，但这只是一天的开始。

超过几位藏族香客，到海拔接近 4000 米后，发现过夜的来得村就在脚下，几乎是垂直的，太阳已越过来得村东侧的山脊，阳光直接铺在村子没多大的田地里。从高处看，来得村就像一个火山口，周围都是山脊，通向来得桥的小路在西北侧山脊上向远方延伸。村子周边的植被反差也很大，西、南两个方向的山脊只有一些稀疏的灌木，东、北两个靠近梅里的方向则是成片森林，有的松树已经变黄，开始落下松针，而多数依旧保持着翠绿色。我们正在这翠绿的森林间穿行，向东，继续爬升。右侧，突然觉得有些晃眼，侧身看去，松林山脊的后面，一座雪峰正逐渐露出白色的肩膀，正脸儿还在云间，阳光照在雪面上反射过来，有些刺眼。阿青布说那是措格腊卡，甲兴就在山的西南侧。

措格腊卡就在卡瓦格博北方圣地措格旁边，“措格”是白湖的意思，“措格腊卡”则是措格附近能通过的山口之意。对于一座山峰，这个名字似乎并不准确。甲兴人管这座雪山叫“确达玛”，其他地方人们很少对这座雪山有明确的名称标注，户外圈还有“狮子座雪山”的说法，但来源也并不清晰。还有一个日巴穆日斯那的名字，后来考证也只是这座雪山其中一个区域的称谓。

到了海拔 4200 多米，有一处小平台，此处有个茶棚，门口停着两辆摩托车，王瀚已经到了这里，在休息。茶棚外，一只松鼠轻盈跳跃，靠近我们带的物资，它知道这里有吃的。坐在茶棚里喝点儿酥油茶，缓一缓，松鼠蹦跶蹦跶地在竹筐附近晃悠，寻找可以弄到手的食物。突然，松鼠似乎发现了什么，愣了一下，跳着跑开了。沿着路往远处看，“骡子”喘着粗气拄着登山杖出现在眼前。一分钟后，“野妞”也出现在小路的尽头，她看到茶棚，似乎看到了希望，迈大几步追上了捯气儿的“骡子”。这里叫梅求补功，意思是什么药材都有的地方。阿青布说，“梅里雪山”其实是指这一带以及更靠北的区域，主峰叫说拉增归面布，就是过说拉垭口要小心、低调不能惹怒的山神。

几个人聚在茶棚里，每人泡了一碗面，这是前往说拉垭口最后一个有人驻守的茶棚，垭口之下还有一个，但那里太高，海拔 4500 米左右，这个季节太冷，风又大，没人驻守。往泡面里倒进水温 80 摄氏度左右的开水，焖着，在这海拔 4000 米的地方只能如此，就别想什么味道了，补充热量是第一位的。

王瀚再次先行，我又休息了 10 分钟后出发。阿青布和棚店主人说着什么，见我先走就提醒说，往前 1 公里有个岔路口，要走左边的，右边的会下到山谷里。

接下来的一段路非常平缓，爬坡角度几乎可以忽略，完全是沿着山脊平行，在西坡垭口时就远远地看到过这条路，几乎是直线，绕过一处山坳，直到说拉垭口之下。到了阿青布说的岔路口，向左，继续轻松前行，走到山坳

▲沿传统转山路线前行的王瀚

►茶棚吃泡面，补充体能

处，发现几百米外，王瀚在往山谷里走，身影在森林与灌木丛之间忽隐忽现。他一定走了右侧的路，这条路通向道路右侧山谷里的一处台地上的废弃村落。喊了王瀚几声，他没听到，继续前行。我倒不担心，以他的体力状态，到了那里再折上说拉垭口没有问题，只是必然会消耗很多体力。

王瀚抵达山谷底端的时候，阿青布和大表哥赶着骡子也追上了我，“骡子”和“野妞”还在后面，但“野妞”的背包在大表哥背上。离开茶棚时，大表哥干脆帮“野妞”背上背包，经过昨晚那通折腾，她真的野不起来了。前面要翻说拉垭口，大表哥怕“野妞”体力不支出危险，就主动帮她背大包，说

◀最大落差的爬升
从梅求补功远眺措格腊卡

▼说拉垭口下的夏季牧场，应急时可以在此处躲避风雪

帮她放在垭口上面。

阿青布说他刚才是在和棚店老板沟通，让他在那里设一个垃圾站，不要把垃圾直接扔在山坡上。这一带的人没有阿丙村的人注重环保，因为他们并不住在那里，不过是临时在路边做生意，没有环保意识，这也需要反复和他们沟通，说明环保的重要性。

看着下到山谷的王瀚，阿青布很是感慨，那条路是传统的转山老路，估计他不是误闯下去的，很有可能是有意沿最传统的线路行走。阿青布和大表哥对着王瀚长声高喊，让他注意路口。从我们所处的新路山梁上看，他该左转折向垭口的方向。此时，听到身后有摩托车声，是中午那处棚店的摩托车，早先超过的那几位藏族转山者分批乘坐摩托车超过我们，直接上垭口冲坡处。这条新修的小路是来得村的村民为了方便载客上说拉垭口而自行修缮的，修好后，老路已很少有人走。摩托车逐渐远去，我们则继续缓慢前行，每一步都很费力，喘息的节奏越来越快，越来越强。回身看着一步步走过的小路，向远方延伸，最远端，十多公里外，是雪山，靠近些，是已经无法看到的玉曲河河谷，再靠近些，是一层层的松林，一片绿色，一片橘黄。很难想象，自己是一步步翻越这一座座大山走到这里，这几天膝盖也没出什么问题，也许是缅茨姆在冥冥之中的眷顾。最近的地方，一里地之外的山坳，缓缓出现两个身影，是“骡子”和“野妞”，他们逐渐跟了上来，没有负重的“野妞”脚步轻松了一些，“骡子”在后，已经露出疲态。

等了片刻，三个人一起前行，来到冲击说拉垭口的最后一个休息地，那座已没人看管的茶棚，这是最靠近垭口的休息场所。此时，风很大、很冷，茶棚外的塑料水管附近结满冰。从包里拽出早已被汗湿透的羽绒服，还有一路没用过的棉线帽子，能堆身上的全都堆上。这是最后一个垭口，也是转山途中最高的垭口，海拔 4815 米。此时，王瀚也出现在几百米外的山坡上，他终于上来了，拄着一节竹竿，像个真正的朝圣者——他本来就是朝圣者。

**终于到了说拉垭口的“经幡之门”，这是转山途中最高的地方，本想此时坐下来捯饬口气儿——可没地儿坐！说拉垭口竟然没有块平地！直接是六十来度角的大陡坡！而我们就站在“刀刃”之上！**

# 说拉之刃

阿青布和大表哥赶着两头骡子先行冲坡，我们四个人结伴同行。天阴沉下来，远处的山梁上，两个人和两头骡子的身影逐渐接近那片赭红色的山崖，这山崖就像一堵三百多米的高墙，就像一个巨大的矿场——《指环王》中索伦的末日火山，最后一个山梁之上，像是护戒使者佛罗多与山姆艰难向前的身影。

一步步，我们接近最后那堵高墙，从最后一个茶棚到这高墙之下不过 1 公里，但感觉走了一天，怎么也走不完。一次次回身，伴随着急促的心跳，看着逐渐远去的群山，告诉自己，自己已经有多么努力，已经很好了，但还差一点点，就一点点……

▲说拉垭口东侧的积雪陡坡

再一次回身，“野妞”在我身后几十米的地方，“骡子”却被甩开到 200 米开外，低着头，挪着腿。

“都是被你们害的，害得我成这德性。”

“我们可没害你啊，你自愿给人家背东西的，你得负责呀！不过真的很牛了，这地方，多背 1 公斤都是折磨……”

“骡子”快累垮了。拍拍“骡子”，让他抬头，已经可以看到说拉垭口最窄的地方，像一扇门，两边挂满经幡，形成一道“经幡之门”，经幡向两侧山崖延伸，直至云雾与积雪之中。虽然“经幡之门”远没有多克拉垭口的“经幡大阵”壮观，但在这更高的垭口，有一种从没感受过的气场，不知怎么形

▲云层在“骡子”身后的说拉垭口上方劈开，露出一大片蓝天

容才好，只希望能谦卑地躬身通过。

距垭口的“经幡之门”还有不足 200 米，可此时，在海拔 4800 多米的高度，攀爬六十多度的陡坡，身处携卷着雪沫的六七级大风之中，对于我们这群已经进行了 7 小时、20 多公里徒步，体能到达极限的人来说，这 200 米是那么遥远，似乎永远无法触及。

阿青布怕我们身体不适，停在这里等我们，他也将背包中的一件红色雨衣拿出来，裹在身上御寒。沿着六十多度的斜坡往下几十米，“野妞”拄着登山杖低头捯气儿，再往下是王瀚。再往下，顺着小路往远方，“骡子”背着大背包逐渐从山坳里露出来，像是在海底行走，一点点地挪动着。我在原地等着“骡子”，等他上来了，举起相机，给他留下一组照片，身后，是他跨越过的一座座山脊。

终于到了说拉垭口的“经幡之门”，这是转山途中最高的地方，本想此时坐下来捯饬口气儿——没地儿坐！说拉垭口竟然没有块平地！直接是六十来度角的大陡坡！而我们就站在“刀刃”之上！

阿青布在此挂上一串经幡，王瀚则将自己用了一路的竹杖恭敬地放在经幡之间，表达对卡瓦格博、对转山之路，以及说拉垭口的敬仰。

垭口背面满是积雪，坡陡路滑，一不小心就有可能滑下山崖，“野妞”坐在不大的一块倾斜空地上休息，感觉她害怕，不愿站起来。这丫头还想着自己一人夜里出发来翻说拉垭口，现在知道了，说拉垭口可不是一个能轻松通过的地方。她的背包不在，估计是大表哥没放在垭口，而是背着继续下山，大表哥不善言谈，但与阿青布一样，内心装满了善。

该下山了。我们面对的是说拉垭口东侧一处铺满冰雪的六十多度大陡坡，放眼远望，也是一片雪山，中间则是澜沧江河谷。我们绕回来了，从澜沧江畔出发，八天徒步二百余公里，即将在澜沧江畔结束旅程，此时，我们已离开西藏，重回云南。

王瀚很利索地沿雪坡而下，早有准备的张杰套上冰爪，和阿青布一起扶着紧张的“野妞”向山下挪动。我没着急走，先记录下大家下山的场景，随后跟在他们身后一边拍一边缓慢前行。可没走几步就遇到问题，因为注意力部分在拍摄上，险些滑倒，在这倾斜大雪坡上，原本不过一尺宽的小路全是冰，极易打滑。这里可是说拉垭口，滑倒就有可能直接下坠二三百米。

阿青布发现我在自己下坡，大声喊着让我等他回来，我还是想尝试自己下山，离开小路，踩在左侧山脊的积雪里继续前行，但积雪越来越厚，如果站直身子，积雪下的碎石也会流动起来，一样很危险。挪动二十多米后，我感觉的确需要阿青布的帮忙，因为这段路容不得任何差错。

将“野妞”护送过大雪坡后，阿青布独自返回来接我。阿青布引领着我

▲说拉垭口东侧的下山路，从这里到山口还有 20 多公里，海拔下降 2700 多米

继续前行，从踩在什么位置，到登山杖如何调整，在最危险的地段，阿青布甚至贴着小路边缘站在我的外侧，一方面是保护，另一方面是让我放松。

好歹下到雪坡的底端，往后是“之”字形小路，对我没有困难。“骡子”和王瀚帮“野妞”继续前行，阿青布也落得一身轻，快步下山去追赶早已通过垭口的大表哥。

终于到了稳当的地方，所有人松口气，突然感觉天空更亮了，回身看，天空的云层在垭口的位置劈开了，分向左右，中间露出一块“V”字形的蓝天。蓝天之下，是背着大包行进的“骡子”，很英武。走过之后，垭口之上那蓝色的“V”依旧在风中改变着姿态，最后映入脑海的，是一个“心”，巨大的蓝色的“心”，就如两年前的秋季，梅里三日面对的那种蓝。

一路在积雪覆盖的杜鹃花丛中下山，只是季节原因，无法领略漫山杜鹃花开的盛景。这里的杜鹃不同于达古拉垭口的大杜鹃，身材娇小，不到 1 米高，但成片地铺满下山小路两侧，可以想象，到了杜鹃花开的时节，这里会是怎样的景致，以后一定会再来这里，在杜鹃花开的时节。

逐渐接近终点，脚步也变得轻快许多，一小时便从海拔 4815 米的说拉垭口降至海拔 4000 米左右，已能听见冰川融水奔涌向下的轰鸣，是扎西牧场。没有停留，我们打算降到海拔再低一些的地方，本想从说拉垭口下来后直接出山，但阿青布说安全第一，夜里最好不要赶路。

大约在海拔 3800 米之处，路边出现一个小卖店，还有一间“豪华”的石屋，石屋门头上写着——“鲁瓦村鲁茸牛场”。这里是一处优良牧场，坐下来休息，突然听到身后有“哼哼”声，一头身材健硕的大花猪晃了过来，根本不怕人，哪怕相机都凑到脸前。此时，“骡子”和“野妞”也来到近前，“骡子”瘫坐在木桩上，“野妞”象征性地为他按摩松骨，表示感谢。阿青布说这里不是当天的休息地，还要下行两三公里，因为鲁茸牧场的海拔还是高，晚上会冷。

两三公里的下行路此时真不算什么，半小时搞定。河边一处空地上，赶着骡子早先抵达的大表哥已经开始准备晚饭，这是我们外转路上的最后一夜。晚餐非常丰盛，大表哥将剩下的最后一大块腌肉切成 1 厘米厚的肉片，加上土豆块、午餐肉一起放进锅里，锅支在两大块木头上，中间是相对小块的柴火。火焰跳跃着舔着大锅，一点点地加热冰川之水，我和王瀚坐在锅旁闻味儿，等着开锅后填饱肚子。“野妞”拿起相机开始疯狂拍照。相机一路都是“骡子”帮她背着，拍照有我，她倒省劲。

山谷里天黑得早，阿青布抱来几段枯树干放进火堆里，一串串火星随着噼啪声飘向空中，几个人蹲坐在火堆旁烤火、喝茶、聊天，气温开始迅速下降，但火焰晃动着，将每个人的脸映上一片暖色。王瀚说这是他第二次转山，十年前看过田壮壮的《德拉姆》后，只身来怒江旅行，在阿丙村遇到几位藏族转山者，他那时并不明白转山的概念，只是觉得和几位藏族朋友一起旅行挺有意思，于是一路前行，完成了他的第一次梅里转山。“野妞”是个地道的野妞，喜欢徒步旅行，因为觉得搭伴儿同行有时候太麻烦，干脆就自己一个人走，梅里转山只是她这次云南旅行中的一站，之前在版纳，随后要去香

▲最后一夜的扎营地

格里拉，还有丽江。

夜逐渐深了，大家开始扎帐篷，我和“骡子”各有一个帐篷，王瀚为了减负，只带了一个防雨篷，底下铺个防潮垫就钻睡袋，阿青布和大表哥依着大树打地铺，把骡子身上的厚毛毯垫在地下，上面是睡袋，在上面盖一床被子，这是他们最传统的过夜方式。“野妞”有睡袋没帐篷，一路她都是睡茶棚客栈，这下遇到了问题，于是决定和“骡子”混帐——混帐篷。我和王瀚打趣儿地对“野妞”说，“骡子”一路太辛苦，晚上可要照顾好人家。闻此，“野妞”抬眼说：“就你俩话多，再话多晚上钻你们帐篷！”

“我没帐篷，就一棚子还四处漏风，你钻他的吧！”

王瀚见状迅速做出反应，我也赶快接茬说，我那个是单人帐篷。阿青布和大表哥坐在大树下乐喷了，当然，大家都是在开玩笑，为一路的艰辛解解闷。

该歇了，伴随着河水的流淌声钻进帐篷，此时，衣服、睡袋、帐篷，都是潮湿的，刚才烤得挺暖和的身体骤然冷却……

**转山十日，200 公里，再次回到熟悉的地方，再次见到一片云都没有的日照金山，感受阳光撞击在卡瓦格博的雪上发出回响。对于常来梅里，对于自虐式的转山，每个人都会有不同的看法。对我来说，这是我的生活。享受着阳光，呆呆地看会儿雪山，该走了。**

## 仰望卡瓦格博

几乎一夜未眠，很冷，没有睡意。一点钟睡不着，写日志；三点钟睡不着，拍帐篷外树林间的星空；六点钟睡不着，起来烤火。一颗闪亮的流星从头顶林间划过，很亮，向南，那是卡瓦格博的方向，应该能照亮卡瓦格博的雪，哪怕一点点微弱印记。

最后的一段徒步路线，蜿蜒向下方的山口行进，膝盖还好，心情也还好。伴随着《Parnassus》的回响前行，此时的冰川流水已是向东，往澜沧江方向。路过一处挂满经幡的小桥，桥下河中的岩石上有两处酷似脚印的痕迹，传说是卡瓦格博与战马的脚印。我虽认为这不过是自然界留下的印记，但对于当地藏族民众的信仰，始终保持那份应有的尊重。

▲朝圣卡瓦格博

梅里雪山的本意是药材之山。1908 年，法国人马杰尔 · 戴维斯在《云南》一书中，使梅里雪山的名字出现于文献记载。但他说的梅里雪山不是现在通称的梅里雪山，而是卡瓦格博北侧的一段小山脉，主峰便是说拉垭口边的说拉曾归面布，海拔 5295 米，山下的小村——梅里水也就是因此得名。而现在所说的梅里雪山，当地民众一直称为“卡瓦格博”，20 世纪初有记载为“太子雪山”。

1986 年出版的《德钦县地名志》中，对太子雪山与梅里雪山的位置有清晰界定。

太子雪山：山脉，位于县城驻地西方。地跨云岭、佛山区及西藏左贡县、察隅县，主峰 6740 米，其他群峰平均海拔 5500 米以上的山峰有 10 余座，北连梅里雪山。

梅里雪山：山脉，位于县城驻地西北方，分水岭为云南与西藏的界线，

▲卡瓦格博之下的明永冰川

北南走向，西为西藏左贡县，东为佛山区境；北连西藏格尼山，南接太子雪山，最高海拔5295米，主峰终年积雪。

抛开不太好理解的地理概念，以传统的转山线路为界。从转山线西藏左贡境内的来得村，至转山线最高的说拉垭口，最后向东到澜沧江河谷的梅里水，这条线北侧是梅里雪山，南侧则属于太子雪山卡瓦格博之境。

至于为什么现在会把这一带都称之为“梅里雪山”，问题源自20世纪50年代初，解放军经德钦进西藏，其中一支部队从梅里水过说拉垭口前往察瓦龙。在梅求补功休整时，部队向当地人打听这片雪山的名字，得到的答案是——梅里。随后，部队的军用地图标注上了“梅里”这个名字。1957年，云南省交通厅修筑云南德钦至西藏盐井的公路，下属的测绘大队在制作大比例尺地图时便以军用地图为据，将德钦境内澜沧江西岸的怒山山脉均标注为“梅里雪山”。（王晓松《雪域佛光》第60页）

我第一次知道梅里雪山的名字是 1991 年年初，因为那次山难，说中日联合登山队在攀登梅里雪山主峰卡瓦格博时遭遇雪崩，17 位登山队员遇难。当时感觉这些登山者面对艰难，面对未知的世界真是无比勇敢。直到后来多次来到这座雪山之下，认识了很多当地朋友，更多地了解当地民间风俗之后，意识也发生改变。逝者该去纪念，一个民族的信仰更该尊重。

四年前，看到一部纪录片《卡瓦格博》，这是我所见过的比较详细记录那次山难前后过程的片子，也在多个层面对攀登梅里雪山进行了探讨。

1990 年 12 月 28 日上午 11 时 30 分，登山队从四号营地出发，由主峰背后的山脊到达 6200 米的高度。就在此时，风云突变，在到达 6470 米高度，距峰顶垂直距离只有 270 米时，随着乌云的到来，气温急剧下降，能见度几乎为零。下午 4 点，风雪肆虐，丝毫没有停止的迹象，登山队长只能痛苦地做出决定，取消登顶计划，返回三号营地。

“天气越来越坏，风也越刮越大，卡瓦格博的脸躲在一大块很厚的云层中。我们坚持不住了，准备往下撤……”

漫天飞雪中，5 名突击队员彻底迷失了方向，日本队员船原尚武在后来被发现的日记中描述着当时的危机。

夜里 10 点多，风停了，月光把雪地照得亮堂堂的，突击队安全回到三号营地。这次突击顶峰功败垂成，但他们不知道，卡瓦格博神山还有更大的灾难正在等待着他们。

有人说是信仰的力量，有人说是登山队的宿命，暴风雪再次笼罩三号营地，17 位登山队员再没有机会出发，去走完那最后一段已不算艰难的冲顶之路。

1998 年 7 月 18 日，明永村村民上木达瓦等三人在放牛回家的过程中，发现海拔 4000 多米的明永冰川上有很多五颜六色的东西，上去一看，三个人惊呆了，冰川上散落着海拔表、照相机、帐篷、衣服，还有登山队员的遗骸。卡瓦格博的雪裹着经冰川挤压、侵蚀，已经残破的照相机、日记本、明信片、登山用具，以及人体遗骸，从当年发生山难的中日联合登山队三号营

▲卡瓦格博之下，飞来寺日落时分

地一路向下，像是卡瓦格博将这些不属于自己的东西推离出来，也像是将这些队员的遗体与遗物交还给他们的家人。

我们逐渐靠近山口，小路边的一棵树上挂着块字迹不很清晰的广告牌——“前面往下，走 15 分钟，有住宿、饭店、凉粉。”也许是广告牌的主人用时间标注的距离不够准确，也许是此时我们的脚步更轻快，不到 10 分钟就到了一处茶棚。这里是最靠近山口的一个小店，早先到达的“骡子”给我递过一瓶可乐，自然冰镇。坐在那里，看着山谷两侧巨大的滑坡体，心里盘算着，不会塌方吧。

终于走过最后一座桥，绕过最后一个弯，214 国道出现在眼前，体能恢复过来的“野妞”扑向已经将两头骡子赶上路口小货车的大表哥，给腼腆的大表哥来了个大大的拥抱。沿着 214 国道前往飞来寺，这段路非常熟悉，四年来走过不下五次。窗外，卡瓦格博在云间忽隐忽现，翻越达古拉之前一起过夜的黄衣哥和红衣哥还在继续沿公路徒步前行，他们要完全用自己的双脚走完所有的路。高声和他们喊着“扎西德勒”，祝他们一路平安。

在通往明永冰川的岔路口，看到一块新的路标指示牌，曾经两次从这里前往明永冰川，都是秋季。沿着已经修好的栈道向上，可以清晰地看到河谷冰川的冰舌崩裂坍塌的痕迹，当时甚至在想，会不会看到随着卡瓦格博的雪出现在此的登山队遗物。

正午，赶到飞来寺，阿青布和大表哥回查里通，“骡子”从德钦县城搭长途车去香格里拉，我回到酒店。终于可以休息一下，洗个澡，换身衣服。王瀚和“野妞”住在附近的客栈，收拾好东西后来我屋里洗澡，这边的条件要好很多。

王瀚快速冲澡完毕，待“野妞”去洗澡时，我和王瀚坐在阳台上，喝茶、听音乐。卡瓦格博的雪将阳光反射而来，有些晃眼，但暖暖的。

“今年是藏历羊年，是梅里雪山的本命年，也是我的本命年，眼瞅着一年到头，还是决定放下手头的工作，再一次来梅里转山。不像行走在转山路上的香客有宗教信仰，我只是想来了，可以说是体验，也是旅行，人生的行走。”

2005 年，看过田壮壮导演的《德拉姆》之后，刚在上海开始自己生活的王瀚来到怒江，无意之中开始了自己的第一次梅里转山之旅。又过了四年，不愿在繁杂、喧闹的大都市中生活的他选择了大理，辞去月薪过万的工作，开始他自己喜欢的生活，清静、无争。在大理，邻居们亲切地称他为“王木匠”，依靠自己的手艺和创意，王瀚在自己钟爱的地方生活，甚至希望能够在这里终老。但以后的事，谁知道呢。他说，在已经完全商业化运作的双廊，没有资金和人脉很难立足。好在大理就是大理，只要你愿意，总有你能立足的角落。

完成转山之旅后，王瀚又要回到他生活的地方，在大理床单厂艺术区捯饬自己那不足百平方米的工作室。不管在梅里还是大理，不管去转山还是做木匠，王瀚始终努力用自己喜欢的方式寻找自己想要的生活。艰辛无所谓，清贫无所谓，重要的是这是自己短暂生命中最想要的生活。

每个人都有自己的生活、自己的选择，王瀚如此，我也一样。面对卡瓦格博，我们聊着自己的生活，也交流着对旅行与登山、信仰与尊重的观点。

1996 年中日联合登山队再次失败，围绕登顶梅里雪山的争论也越来越激烈，争论从雪山下的村庄扩大到了外面的世界，从登山圈子扩大到了社会各个领域。登山界的多数人认为，藏区的很多山都是神山，为什么这一座就不能登，总有一天能够做到登顶卡瓦格博。也有登山人士一直呼吁，应该尊重一个民族的信仰。

2000 年，数十位中外学者、官员、活佛和当地村民一起商讨卡瓦格博的环境与文化保护的问题，各方人士还签署了关于禁止在梅里雪山进行登山活动的呼吁书，呼吁政府立法保护神山，请各界人士尊重藏族人民的风俗习惯，拒绝任何国家、组织和个人以任何理由登顶梅里雪山，请国内外所有热爱自然、尊重各民族文化的朋友共同保护梅里雪山，为人类留下这一永恒的净土。

2001 年，当地正式立法，明令禁止攀登梅里雪山，这是中国第一座因文化得到尊重的雪山。

次日凌晨，天还没有亮，窗外的卡瓦格博在排成一条直线的木星、火星、金星、残月的微光下清晰显现出伟岸的身影，隐约间，似乎能听到低沉、雄浑的诵经声。三年前的同一天来到这里，天空一片云都没有，早晨感受阳光撞击在卡瓦格博冰川上的回响，今天又是如此，一片云都没有。

梅里往事的天台上，几位日本游客在等待日出。就在阳光落在卡瓦格博之巅的那一刻，一位身形略胖的日本游客突然带着两位同伴双手合十，开始轻声但又浑厚有力地诵经。他是一位日本僧侣，另外两位不知只是对卡瓦格博充满崇敬的普通游客，还是把生命留在这里的日本登山者的家人，诵经，也许能让逝者的灵魂得到安息，或者能找到回家的路……

转山十日，200 公里，再次回到熟悉的地方，再次见到一片云都没有的

▶一位走出山口的藏族转山者搭摩托车沿 214 国道向西藏方向而去

▶阿东牧场的元代佛教壁画遗存

日照金山，感受阳光撞击在卡瓦格博的雪上发出回响。对于常来梅里，对于自虐式的转山，每个人都会有不同的看法。对我来说，这是我的生活。享受着阳光，呆呆地看会儿雪山，该走了。

转山，这里是起点，但未必是终点，所有来过这里，生活在这里，有幸一睹雪山盛景的人，对于梅里雪山来说，都只是过客。

# 后记

熟悉的天空、熟悉的街道、熟悉的早餐铺，熟悉的炮仗花又到了开花季节，三角梅依旧不管春夏秋冬放肆地绽放，这里似乎没有四季。

## 梅里驿站

再次来到这座城，一下想不起来是第几次了，很喜欢大理古城，这里恐怕也是除了哈密、北京以外，自己生活最久的地方。

广武路 71 号的老院门拆了，在重修，没了原先的古朴沉淀之美；玉洱路路口的烧烤店也拆了，但晚上的路边摊还在；曾经住过时间最久的客栈换了老板，橱窗里那两只爱谁谁发呆的胖折耳已不知去向。有改变，有不变，这，是我的梅里驿站……

离开梅里，回到大理。214 国道用 460 多公里的公路，将大理古城和梅里雪山连在一起。这里是很多游客的首选旅游地，但对于我不同，首先我曾考虑在这里安家，其次则是每每作为前往梅里的休息地，像是驿站。

▲熟悉的三角梅、熟悉的老房舍

第一次来到大理是2006年春夏之交，朋友圆圆有一部电影在大理拍，应投资方邀请来到大理，说是探班，实为度假。

“你知道我为什么叫你老白吗？因为我家的小狗叫小白。”

“老白，别喝可乐了，我试过，用可乐刷马桶很好用。”

此时，我刚打开一罐可乐，喝了半口……

第一次大理之行也就是三四天，早起在周边逛逛，空气湿润又不潮闷，很舒服。我对那些名胜没兴趣，三塔只是路过，没进去，直到现在都没进去过，但对这里的古街小巷很是钟情。古城北门附近的巷口有一座基督堂，身穿白族传统服饰的白族妇女或走入或走过，感觉有些穿越，又那么真实。

唐导是那部电影的监制，他说他是来打酱油的，也就是到大理混几天，当度假。傍晚，唐导跑来我们住的酒店，叫着去人民路一小饭馆吃饭。那时的人民路很安静，没有现在这般混乱与嘈杂。

晚上，几个人约着去洋人街，那里是大理入夜后最热闹的地方。大家坐在一个叫太白楼的西餐吧门口，周围很嘈杂，闹腾。我不习惯那种感觉，走了。

2010年春节，在许公子的带领下第二次来到大理，住在双廊的玉儿岛。那时的双廊简直就是我梦寐以求的养老之地，一个安静、祥和、淡然的洱海小镇。

许公子的朋友阿文在这里有处会所，我们就在那里过了两天幽静日子。同住在这里的新朋友说，“玉儿”也许是“王者”与“凡人”的意思，凡人总想不平凡，“凡”变为“儿”，王者若能多分幽静的凡人之心，则成为“玉”……

那时的双廊是个保持着传统，也拥有极大包容心的地方，人们平和、淡然地生活。这里只要家门开着，你随时可以走进去看看、转转。宗祠对面有棵大青树，树下有数十位居民在聚餐，我们以为是在办婚宴，结果有位大妈平静地说：“在办丧事。”抬头，门上贴着四个字——驾鹤西去。

这个幽静小镇，淡然淳朴的民风抚平了都市中躁动的心。

2012年，铁流叫我一起到大理，做关于艾滋病与麻风病的专题。这一次，认识了波波——张建波，从此，来大理有了不同的定义，不再只是游客，而是走入大理人的大理。

波波是大理第二人民医院的大夫，从事艾滋病防治工作的十多年里，通过他的个人交流能力引进国外数百万防艾经费，并把2007年获得艾滋病防治特殊贡献奖——马丁奖的10万元人民币捐出成立“爱童基金”，定期给感染了艾滋病的儿童、孤儿和受艾滋病影响的儿童生活补助，张建波说这只是希望那些孩子能像自己的儿子一样拥有喜欢的玩具和零食。

波波不只是一个大夫——一个美国前总统克林顿访华时专门点名要见的大夫，同时还是一个活宝，闲下来随时能耍宝。通过波波，又认识了一票大理的朋友。晚上聚会，又来到洋人街，还是太白楼！这次没坐在门口，直接进门上了二楼，一个亦静亦闹的小世界。这次认识了太白楼的老板段猫猫，知道了这是大理最早的西餐吧，建于1986年。

▲大理慢生活

第二天，波波带着我们环洱海一日游，在喜洲吃粑粑，见识了庙里给猪大仙供猪头。下午到了双廊，发现短短两年时间，这里已成为一个大工地，到处在建客栈。波波说里面有个海之书馆很不错，可以待着休息一会儿。到门口，一愣，这不是阿文家嘛，两年前许公子就带我们住在这里。

休息，喝茶，暂别外面的喧闹。

离开双廊时，感觉很不好，这里已不是两年前的那个双廊，之后，再也没有来过……

离开双廊的第三天，我独自一人前往梅里，从此，开始了 5 年 10 至梅里的旅行，就像铁流说的：旅行，是人生征途中的歇息。

2013 年 11 月，与铁流和小马哥钻进大凉山，做艾滋病与失依儿童的采访。经历各种艰辛后，铁流和小马哥去大理喝茶，我则和志愿者郭秀全去沧源的中缅边境，然后再返回大理与他们汇合。铁流和小马哥开的 SUV 是小马哥朋友的，是他用自己的 MINI 与人家换的，说是要带远方来的朋友到成都周边转转，结果不小心跑到了几百公里外的大凉山，又不小心跑到了一千多公里外的大理。小马哥说，成都是大城市，这里都属于成都周边。

从沧源返回大理，休息两日，告别铁流与小马哥，租了辆车再次前往梅里。据他俩说，返程回成都时路过滇川交界遭遇检查站，被盘查。

2014 年深秋，再次来到大理，这次长租了一间客栈，多住些日子。客栈门前的橱窗里有两只折耳猫，胖乎乎的成天都是一副爱谁谁的表情，挺好，活自己。

这个秋天多雨，一早在雨中溜达去人民路。早上没几个人，除了大理四中的学生外，还有几位菜农推车卖菜。买菜的有当地人，也有常住古城的外来客，大家都深爱着这座城，享受在这里的安逸时光。一位流浪汉牵着他收养的几条狗走过街头，虽然狗都被拴着，但它们明显很开心，哪怕是跟着一位流浪者，它们也已不再是流浪狗，至少有主人，主人会关心它们。

走过小巷前往波波的医院，路口拐角处，几位身着白族服饰的大妈在一

▲大理太白楼

大门前买着早点和新鲜蔬菜，那大门是一座基督堂的大门，正是 2006 年第一次来大理时走过的那座教堂，时间改变，地点没变。

时至正午，雨停了，阳光直截了当地从天空砸在地上，让人想找个墙角懒洋洋地喝杯咖啡。广武路 71 号老院儿门前就有这么一个地方。只是此时，人民路逐渐喧闹起来，除了大量一日游的各地游客以外，形形色色的地摊儿也出现在街头，多数是卖些劣质的所谓特色小商品，还有那些东南沿海小批发市场贩来的，所谓“从尼泊尔带回的工艺品”。大理就是这样，文艺的、假文艺的，你喜欢不喜欢，它都会存在。

刚才还是艳阳之地，一回身，小雨又稀稀拉拉地掉了下来。和朋友一起溜达到太白楼，老板段猫猫不在，我们自个儿点两个小菜，要一壶“黯然销魂”。“黯然销魂”是太白楼一款自酿梅子酒，和樱花楼酒劲生猛的自酿梅子酒不同,“黯然销魂”喝着很顺,但不知不觉就可能过头,喝断片儿也有可能。靠在二楼木质窗框前，看着窗外短暂停留在此的游人，雨滴落在窗户上面的遮雨棚上，滴答滴答，和朋友聊天、小酌，享受这短暂但惬意的时光。

美好的时光总是更容易觉得短暂，十多天后，离开大理。那天，天空一片云都没有，就像一年前那一刻，在梅里，蓝得让人伤感。

又过了一年，再过去一年，一次又一次梅里转山之后路过大理。停留几日，会会朋友，返回北京，扎进雾霾中。每每回想大理，清静之地，不必茶和咖啡，哪怕一杯清水，都足够美好。就像梅里雪山，站在、坐在或躺在它面前，不管日照金山还是漫天迷雾，能不能看见，它都在那里……

时光催生万物，时光改变一切。愿意不愿意，我们都在时光中改变。

# 时光

从 2012 年第一次来到梅里至今，我已二十余次来到卡瓦格博之境，用文字、照片、视频记录这里的变化。十余年间，书中的人物与卡瓦格博之境都在悄然变化着。

阿青布：获评“全国最美志愿者”等诸多荣誉的阿青布已五十岁，依旧生活在查里通村，转山、清理垃圾。两个女儿都已去城里工作，他希望侄子茨里把赶骡队的传统以及捡垃圾的志愿工作传承下去。

鲁桑义熙：2017 年，在北京佛学院进修的鲁桑义熙师傅参加了《转山，在梅里遇见自己》的交流会。两年后，考取格西学位（相当于博士学位）的他回到红坡寺。

李金亮：骑行者李金亮顺利完成了那次滇藏线骑行。后来去了大理，管理一家民宿，再后来，又去了杭州。现在，他回到北京，在著名的角楼咖啡工作。

吴邪：2013年偶遇后，独腿行者吴邪继续他的“不搭车”独行。2017年我们在318波密附近再次偶遇，现在他依旧四海为家。

“骡子”：“骡子”张杰“嫁给”了一位内蒙妹子，如今老老实实的在湖州生活。2020年，他乘老婆回娘家之机，偷偷随我再次来到梅里，徒步梅里南坡。虽然肚子变得浑圆，但依旧坚持自己背大包。从巴里达出发，过美根通、洽通、曲当水垭口，进尼农至雨崩。就像当年转山时在格布，见到客栈老板家的奔跑鸡又是两眼放光。这一次，我有幸吃到了他炖的土鸡——那是我吃过最让人回味的鸡汤。

“野妞”：“野妞”叫颜庆，回到重庆的她变身“宅女”一枚。

王瀚：转山结束后的王瀚回到大理，打理他的工作室，至今还在那里踏踏实实地做“王木匠”。2019年，他参与我与梅里往事廖哥发起的“探寻卡瓦格博之境”志愿项目，完成对努松说根西南坡冰川与许东措、尼色拉古垭口线路的探寻记录。

AE86：转山回来后，才知道AE86是户外大神，“登徒子户外”的开创者——登山、徒步的傻（汉）子。两年后他开辟出了梅里北坡徒步线路，这条户外徒步线路已成为梅里外转线、雨崩线之外最有名的徒步线路。2022年他又完成了新外转线的勘线工作，但这条线路的难度、强度都非常大。

平措：平措现在是阿丙村村长，带着村民们修路、致富。2019年的“探寻卡瓦格博之境”志愿项目中，他作为向导，带着我们翻越尼色拉古垭口。

卡瓦格博：千百年来，卡瓦格博始终护佑着雪山之下的人们，但近十年来，冰川消融速度加剧。鲁桑义熙师傅说，明永冰川十年来退缩了数百米，但哪怕是冰川全部消融，卡瓦格博依旧是卡瓦格博，依旧是大家心中的神圣之所。

转山路：2023年夏，转山路的出口被封闭。向南两公里处，一座水电站开工建设，转山古道的出口即将被淹没。

◀走向几乎消失殆尽的
努松说根西南坡冰川

▲梅里雪山全景